나는 용을
타고 싶다

나는 용을 타고 싶다

'나는 용을 타고 싶다'를 책 제목으로 정한 것은 설렘 속에 남은 생을 살고 싶어서이다. 갈 수 없는 곳에 용을 타고 가보는 상상을 하며 즐겁고 재밌고 행복하게 살고 싶다. 거창한 삶을 산 것도 아니고, 내세울 만한 업적이 있는 것도 아니어서 자서전이라는 것이 나와는 상관 없는 일이라고 생각했다.

하지만 노인복지관에서 '자서전 쓰기' 수업을 들으면서 자서전은 명망 있는 사람들이 말년에 삶을 회고하며 쓰는 것만이 아니라는 것을 알게 되었다. 수업을 받으면서 자서전을 써봤지만 아쉬움이 많았다. 내가 태어나고 지금까지 살아온 삶의 이야기를 담고 싶은 욕심이 생겼다. 내가 살고 있는 인근 강북노인복지회관 '할아버지 학교'에서 어르신 학생 16명의 글·그림 모음집인 『할아버지 학교에 다녀오겠습니다』에 저자로 참여하면서 책까지 출간하게 되었다. 출간을 계기로 그림 자서전을 쓰고 그리게 되었다.

지나간 추억들을 떠올리며 그림을 그리고 글을 쓰는 게 무척 즐거웠다. 그림과 글이 점차 쌓여가는 데 보람을 느꼈고 행복했다. 그런데 문제는 마무리였다. 처음 시작할 때는 진도가 빨라 1년이면 충분하다고 자신했었지만 수정에 수정을 거듭하느라 3년이란 시간이 흘러갔다.

 전문가가 아니어서 그림도 글도 허술하기 짝이 없지만 나름 정성을 다했다. 이 책을 보는 많은 어르신들이 자서전 쓰기에 자신감을 가질 수 있다면 더할 나위 없는 행복이겠다.

2022년 봄
행얼만 이지탁

차 례

빨간 고무장갑의 남자/금정공원 지킴이/웃음박사/세상에 이런 일이/
행복한 얼굴/말을 적으면 글이다/걸어 다니는 미술 백과사전/
저도 내성적입니다/스포츠맨은 다르다/열정과 정열의 남자/
약속을 지키는 남자/뚜벅뚜벅 성실 일꾼/민원 해결사 1등 의원/
쾌적 행복 북구 설계사/행복 북구를 만드는 강한 남자

7. 단상을 적다

할아버지 명함/그림 한 장이라도 더/매/태극기/킥보드/미운 사람/
송아지 만들기/뽀로로/날치와 고등어/바다/해피 바이러스/이태원 길/
노인복지관 노래방/이대로 누워버릴까?/병아리/나비와 고양이/
싫어하는 말/팔거천 하얀 새/자전거 인생/호박꽃/아들아/경천 오일장/
참새들의 합창/형수/복지관 이야기/프레임의 법칙/100세 할아버지/
나 직장 생활할 때는 말이다/나 어릴 때는 말이다/아프니까 노인이다/
모방에 대하여/할아버지의 옷에 대하여/장모님

8. 행복 찾기

오늘도 축제처럼/고향 스케치/축제는 즐겁다/계룡산/행복 박스/행얼만/
63빌딩과 롯데타워/닭과 인생/나에게 박수를/부부의 날/딸 둘과 아들/
차유진/차수진/이아진/행복 열쇠/나는 누구인가/나는 용을 타고 싶다/
내 인생 총정리/맺음말

1. 어린시절

내가 살던 고향은

　우리 집 앞에는 작은 개울이 있고 뒤쪽에는 계룡산의 능선이 아름답고 선명하게 펼쳐져 있었다. 우리 마을을 사람들은 '돌밭'이라고 불렀다. 아랫동네는 '돌뿐이' 윗동네는 '수정골'이라고 불리는 마을이 있었다. '신원사'라는 절이 가까이 있었는데 국민학교 시절 소풍은 주로 그리로 갔다. 새총처럼 생긴 큰 감나무가 있었고, 그 옆에 두레박으로 물을 길어 올리는 공동우물이 있었다. 30여 가구가 살았고 모두 초가집이었다. 충청남도 논산의 산골 마을에서 음력 1951년 12월에 태어났다. 양력으로는 1952년 1월생이다.

할아버지

 할아버지(이존학)는 슬하에 2남 5녀를 두셨다. 대전에 살고 계신 다섯째 고모에게 할아버지에 관해 물어보았더니 "할아버지는 측량 일을 하셨고 말을 타고 다니셨다. 네가 어릴 때 무릎에 앉히고 조기 살을 발라 밥을 먹이셨어."라고 하셨다. 하지만 나는 전혀 기억하지 못한다. 내가 기억하는 할아버지는 집안의 왕이자 법이셨다. 할아버지에게만 쌀밥을 드렸는데 밥을 남기길 기다렸던 기억이 난다.
 할아버지 머리맡에는 나무로 만든 상자가 늘 있었다. 그 속에 사탕 가루라고 불렀던 설탕이 있었다. 알약처럼 생긴 단맛 나는 당원이었는데 그걸 찐 감자에 넣어 으깨 먹었다. 당원 녹인 물을 마시기도 했다. 당원 물에 박하향 나는 풀을 넣어 먹기도 했는데, 할머니는 몸에 해롭다고 하셨다. 당원하고 사탕 가루의 맛은 천지 차이였다. 어느 날 할아버지가 하지감자를 사탕 가루에 찍어 드시고 상자에 다시 넣지 않은 채 주무셨다. 코를 드렁드렁 골고 있는 할아버지 몰래 고양이처럼 살금살금 다가갔다. 사탕 가루 봉지는 검은색 고무줄로 묶여 있었는데 잘 벗겨지지 않았다. 한참 애쓰고 있는데 갑자기 할아버지가 잠에서 깨어나셨다. 깜짝 놀란 나는 그대로 줄행랑을 쳤다.

할머니

할머니(안교성)는 늘 "너희들 먹는 모습만 봐도 내가 배부르다."라는 말을 자주 하셨다. 내가 먹는데 왜 할머니 배가 부르냐고 물었던 적도 있다. 배가 아프다고 꾀병을 부리며 졸졸 따라가면 부엌 광에 있는 꿀을 꺼내 주셨다. 꿀은 소주병 안에 들어 있었는데 아래쪽은 허연색으로 굳어 있었다. 젓가락으로 꺼내어 아주 쪼금만 주셨다. "많이 먹으면 큰일 난다."하시며.

국민학교 3학년 여름이었다. 아침을 안 먹고 도시락도 안 가지고 학교에 갔다. 점심시간에 맞춰 할머니가 도시락을 가지고 오셨다. 쌀밥이라고 좋아했지만, 반찬이 기름에 볶은 깨소금뿐이었다. 창피해서 학교 옆 소나무 숲으로 갔다. 할머니는 "이렇게 더운 날에 아침도 안 먹고 점심도 굶으면 죽는 거야."라고 하셨다. 그런데 먹어보니 깨소금 반찬이 그렇게 맛있을 수가 없었다.

아버지

 아버지(이원근)는 내가 3살 때 군대에 가셨는데 6 · 25전쟁 중
이었다. 아버지는 직업 군인이었다. 아버지는 1년에 한두 번 오
셨기 때문에 손님 같았다.

 아버지를 그리워하면서도 아버지가 오면 달려가 안기지를 못
했다. 할머니가 "아버지한테 가야지, 왜 옆으로 피해?"라고 하
신 적도 있다.

 아버지가 휴가 오실 때 짐꾼과 함께 오시기도 했다. 지게에는
고기와 생선이 가득했다. 홍어, 우설, 큰 깡통에 든 햄 등이 있
었다. 밥상 주위에 온 가족이 모여 앉아 된장찌개에 든 햄을 떠
먹었다. 나머지는 할아버지 몫이었다.

어머니

 어머니(유복만)는 우리 5남매를 키우면서 우리에게 '이 놈'이나 '이 년'이란 말씀을 하신 적이 없다. 겸손은 어머니의 품성이었다.

 어릴 때는 어머니의 겸손과 욕 안 하는 게 싫었다. 왜 욕을 못하느냐고 대들기도 했다. 동생(이지순)이 자기 이름을 '이거순'이라고 써서 어머니가 '지' 자와 '거' 자를 설명하고 가르치던 모습이 기억난다.

 고등학교 1학년 때 집안 형편이 너무 힘들어져서 학교를 그만두겠다고 했더니 어머니는 "네가 학교 그만두면 그날로 어미는 이 세상에 없는 줄 알아라."고 하셨다.

딸고마니 고모

다섯째 고모(이영근)를 '딸고마니 고모'라고 불렀다. 결국 고모는 남동생을 보았다. 고모는 안방 한쪽이 정지문으로 연결된 작은 방에서 생활했다. 고모 방에는 예쁜 색실로 수를 놓은 천들이 많았다. 당시 고모는 양재학원에 다녔다. 고모는 나에게 쉬운 것만 그리지 말고 비행기나 자동차도 그려보라고 해서 나를 곤란하게 만들기도 했다.

할아버지가 안 계실 때 안방 화로에 고모와 삼촌이 계란밥을 만들어 주었다. 내가 기억하는 계란밥은 흰자와 노른자를 빼내고 빈 계란에 밥을 채워 넣은 것이다. 그리고 흰자와 노른자를 섞어 밥에 비벼 화로에 구워 먹었다. 노란색 밥이었다.

삼촌

  삼촌(이유근)은 막내였고 나와는 11살 차이가 났다. 아버지가 직업 군인이어서 삼촌이 그 빈자리를 채웠다. 어머니는 뭐든 삼촌한테 만들어 달라고 부탁하라고 했다. 삼촌은 큰 깡통에 시멘트를 채워 역기를 만들었고 시커먼 쇠로 된 아령으로 운동을 했다.

  아랫마을 돌뿐이에 있는 점방에는 삐쩍 마른 하얀 색 개가 한 마리 있었다. 우리 집 개는 황색이었고 덩치가 더 컸다. 둘이 싸우면 당연히 우리 개가 이길 줄 알았는데 목을 물리고 졌다. 삼촌에게 우리 개는 바보라고 하면서 훌쩍거렸다. 삼촌은 개 목사리에 작은 못을 몇 개 박아 주었다. 다시 그 점방에 갔을 때 하얀 개는 납짝 엎드려 으르렁대다가 우리 개의 목을 물었다. 그 순간 하얀 개는 깨갱대며 달아났다. 그 뒤로 우리 개는 꼬리를 치켜세웠고, 하얀 개는 꼬리를 내렸다.

외삼촌

 외할아버지가 우리 집에 오셨다. 절을 하니 호주머니에서 호두알을 꺼내 주신 일은 기억나지만, 얼굴은 기억나질 않는다. 외갓집에는 외할머니와 외사촌 누나가 있었다. 마당 한 켠에 아주 큰 호두나무가 있었다. 누나는 작은 호두알 두 개를 가지고 있었는데 붉고 반짝반짝 빛이 나는 예쁜 것이었다. 호두알을 으깨 껍데기에 바르면 된다고 했지만 누나 호두알처럼 되지 않았다.

 외삼촌(유석봉)이 공주 '중대' 라는 곳에서 이발소를 할 때 어머니와 갔었다. 외삼촌은 원두막에서 참외를 사 왔다. 아주 노란 색의 참외였는데 꿀처럼 달았다. 이발소에서 큰길을 건너면 개울이 있었다. 개울 물은 맑았다. 멱을 감고 물고기를 잡으며 놀았다.

큰여동생

　무더운 여름날이었다. 어머니와 나는 비료 포대로 부채를 만들고 있었다. 비료 포대를 직사각형으로 오리고 주름치마처럼 접고 끝을 고무줄로 동여매면 부채가 만들어졌다.

　뒤쪽 뽕나무밭에서 큰여동생(이지순)이 엄마를 부르며 자지러지게 우는 소리가 들렸다. 쏜살같이 달려갔다. 수탉이 쪼려고 했다면서 엉엉 울고 있었다. 닭은 이미 도망간 뒤였다. 어머니는 동생에게 물을 먹이고 부채질을 해주며 재웠다.

작은여동생

 땀을 뻘뻘 흘리며 달려와서는 "엄마, 황구장 할머니가 나보고 이쁘다고 했어."라고 자랑하듯 말했다. 어머니는 "그럼, 우리 딸 이쁘지."라고 하시며 땀을 닦아 주셨다.

 작은여동생(이지복)은 언니보다 얼굴색이 검은 편이어서 예쁘다는 말을 많이 못 들어서 그랬을 것이다. 나는 동생에게 우리 형제 중에서 네 코가 제일 오똑하다고 말해 주었다.

큰남동생

　큰남동생(이지왕)은 어린 아기일 때부터 우량아였고 손이 컸
다. 손이 커서 아버지는 동생을 왕손이라고 불렀다.
　공주에서 학교 다닐 때였다. 동생과 함께 염소를 집으로 데려
왔다. 조잘조잘대다가 "형, 나는 명재형만큼 클 거야."라고 말
했다. 명재는 개울 건넛집에 살았는데 키가 아주 컸다. 동생은
키 작은 내가 컸으면 좋겠다고 생각했었나 보다.

막내남동생

　군대에서 첫 휴가 나왔을 때 웬 아이가 집에 있었다. "얘는 누구예요?"라고 물었더니 어머니는 옆집 아이라고 했다. 나중에야 내 동생이라는 사실을 알았다. 어머니는 사십이 훨씬 넘어 막내를 낳으셨다. 막내남동생(이지석)과 나는 22살 차이가 난다.

오줌 마시는 할아버지

개울 건너에 사는 할아버지는 머리와 수염이 하얘서 도인 같았다. 그 할아버지는 아이들의 오줌을 받아 마셨다. 나는 할아버지에게 내 오줌을 드리기 위해 그 집 앞에서 서성거린 적도 있었다. 왜냐하면 할아버지는 오줌을 받아 마시고 마당에 있던 단수수(사탕수수)를 주셨기 때문이다.

황구장 할아버지

황철수 할아버지는 동네 구장 일을 오래 보셔서 '황구장'이라
고 불렸고, 그 집을 '황구장 집'이라고 했다. 우리 할아버지와
는 친한 사이였다. 할아버지는 황구장 할아버지 집 사랑방에서
장기와 바둑을 두셨다. 바둑알이 특이했다. 바둑알이 돌멩이여
서 크기가 일정하지 않았다. 흰 돌과 검은 돌 간혹 조개껍데기
로 된 것도 있었다.

상투 할아버지

　우리 동네 윗동네 수정골에는 상투를 튼 할아버지가 있었다. 인근에 상투 튼 사람은 없었다. 아이들은 '상투 할아버지' 라고 불렀고, 어른들은 '상투쟁이' 라고 불렀다.
　할아버지는 늘 한복을 입었다. 할아버지가 우리 동네를 지날 때면 "상투 할아버지, 상투 할아버지."하며 따라 다녔다.

호박을 먹으면 목이 간지러워

 나는 말을 일찍 배웠다. 어머니가 왜 호박 반찬을 먹지 않냐고
나무라면 "호박을 먹으면 목이 간지러워."라고 하며 먹지 않았
다.
 딸고마니 고모가 친구들과 복숭아 서리해 온 걸 사랑방에서
먹었다. 서리한 게 들통날까 봐 고모는 내게 복숭아를 주며 살
구라고 했다. 고모 앞에서 복숭아를 다 먹고 "엄마, 고모가 큰
복숭아를 줬는데 그 속에 돌멩이가 들어 있었어."라고 말했다.
지금 나는 복숭아와 호박 얘기를 전혀 기억하지 못한다. 어머
니와 딸고마니 고모가 알려 준 것이다.

무지개

어머니와 무지개를 처음 보았다. 아름답고 신비로웠다.
"무지개가 참 곱지?"
"곱기는 한데 더 진하면 좋겠어."
"진하면 이상하지 않을까?"
나는 더 진해야 더 예쁠 거라고 생각했다.

엄마젖

　다섯 살 때까지 엄마젖을 먹었다. '깅기랍'이라는 노란색 알약이 있었는데 무척 쓴맛이 났다. 어머니는 젖을 떼기 위해 깅기랍을 젖에 발랐지만 소용없었다.

　어머니가 밥에 간장과 기름을 넣고 비벼 주었다. 수저를 쪽 빨아먹고 내게 주었다. 나는 수저에 침 묻었다고 다른 수저를 달라고 했다. 옆에 있던 큰 당숙모가 "야, 그럼 엄마젖을 어떻게 먹냐? 엄마젖에는 침이 가득한데."라고 하셨다. 그때부터 나는 엄마젖을 먹지 않았다.

장난감 총

아버지가 쇠로 만든 장난감 총을 사 오셨다. 화약을 넣고 방아
쇠를 당기면 '딱' 하는 소리가 나는 권총이었다. 사각형 종이에
화약이 조그맣게 들어 있는데 하나씩 찢어서 넣었다.

아버지가 휴가를 마치고 군에 가고 얼마 후에 우리 동네에 사
진사가 왔다. 내가 어릴 때는 사진사가 동네를 돌아다니며 사
진을 찍어 주었다. 나는 권총을 들고 "손 들어!"하며 폼을 잡고
사진을 찍었다. 어머니가 색동 양말이 보이도록 한 쪽 발을 내
밀라고 했다. 나는 돌사진도 백일사진도 없다. 이 사진이 가장
어렸을 때 찍은 독사진이다.

배추 색

  고모들이 많이 업어 줬다고 하지만 전혀 기억나지 않는다. 엄마한테 업힌 기억들만 많이 난다.

  하늘이 유난히 푸르던 날이었다. 나비들이 나풀대며 날아다니고 새싹들이 얼굴을 빼꼼히 내밀 때였지 싶다. 엄마 등에 업혀서 "엄마는 무슨 색깔이 좋아?"라고 물었더니 엄마는 "배추색."이라고 했다. 배추 색이 무슨 색이냐고 물었다. 엄마는 새싹을 가리키며 이런 색이라고 했다. 연한 배추 색이 좋다고 했다. 나는 하늘색이 제일 좋다고 했다. 엄마는 연두색을 좋아하셨다.

뒷간

　화장실을 뒷간이라고 불렀다. 내가 어릴 때는 종이 대신 볏짚을 썼다. 볏짚은 가을에 벼의 이삭을 떨어낸 줄기를 말한다. 볏짚으로 초가지붕을 덮는다. 볏짚을 가지런하게 해서 뒷간에 세워두고 서너 개를 뽑아 두세 번 꺾어서 화장지 대신 썼다. 얇은 종이로 된 일력(매일 뜯어내는 달력)은 인기가 좋았다. 그 당시 최고의 화장지였기 때문이다.

나의 화선지

　새총처럼 생긴 큰 감나무나 살구나무 아래 땅바닥은 나의 화
선지였다. 땅을 평평하게 고르고 나뭇가지로 그림 그리는 것을
좋아했다. 사람, 동물, 꽃 등을 그렸다. 잘 그린다는 칭찬을 많
이 들었고, 화가 같다는 말도 많이 들었다. 아버지를 많이 그렸
다. 아랫동네에 갔을 때 한 어르신이 그림을 그려보라며 땅바
닥을 고르게 해 주었다. 나는 나뭇가지로 그려보라는 것을 그
렸다. 사람들이 모여들어 구경을 했다. 잘 그린다고 동전도 줘
서 받아왔다.

글씨인가 그림인가

　사랑방 삼촌 방에는 꽃과 새 그림과 어우러져 한문 여러 획을 갖가지 색으로 쓴 아름다운 그림 글자가 있었다. 어떻게 저런 예쁜 획을 그렸을까 아무리 봐도 알 수 없었다. 삼촌은 내 이름을 한문으로 쓴 거라고 했다. 정말이냐고 놀라 물었더니 삼촌은 "내가 그린 게 아니고 어떤 화가가 그렸는데 정말 금방 그리더라."했다. 공주에서 중학교 다닐 때 길거리에서 한문으로 이름을 써 주고 돈을 받는 화가를 보았다. 그게 혁필화라는 걸 알게 되었다.

두멍

　우리 집 부엌 부뚜막 가마솥 옆에는 큰 항아리가 묻혀 있었다. 거기다 물을 길어다 부어두고 사용했다. 항아리 뚜껑을 '두멍' 이라고 불렀다. 뚜껑은 나무로 만들어졌다. 목이 마를 때 이 두멍에 있는 물을 퍼마셨다. 어머니는 두멍에 물동이로 길어온 물을 늘 채워 두셨다.

둠벙

'둠벙' 이 웅덩이의 충청도 사투리라고 하지만 실은 서로 다른 말이다. 웅덩이는 웅뎅이라고 불렀다. 웅뎅이는 물이 고였다가 시간이 지나면 물이 빠지지만 둠벙은 샘물처럼 물이 샘솟아서 항상 물이 고여 있는 곳을 말한다. 웅뎅이에는 물고기가 없지만 둠벙에는 물고기가 산다. 둠벙은 큰 것도 있고 작은 것도 있다. 작은 둠벙의 물을 퍼내어 고기를 잡았다. 붕어, 송사리, 미꾸라지 등을 잡았지만 운이 좋은 날이면 메기나 뱀장어를 잡기도 했다.

꿩 새끼

 어미 닭이 달걀을 품어서 병아리를 부화시켰다. 대나무로 만든 닭장에서 병아리들은 자랐다. 병아리들은 어미 닭을 졸졸 따라다녔다. 어느 날 가만 보니 병아리 무리 중에 꿩 새끼가 한 마리 섞여 있었다. 집안 식구들은 모두 신기해했다. 깃털이 제법 자랐다. 장끼일까 까투리일까 궁금해할 무렵 꿩 새끼는 보이지 않았다. 집 바로 옆 뽕나무밭에서 꿩이 새끼를 쳐서 나가기도 했다. 서운해하는 나에게 어머니는 엄마 찾아갔을 거라고 했다.

복숭아 서리

 홍제가 찾아와서 복숭아 서리를 하자고 했다. 우리 집 뒤편 외딴집 마당에는 큰 복숭아나무가 있었다. 오늘이 장날이니까 주인아주머니가 장에 가고 없을 때 복숭아를 따 먹자는 거였다. 우리는 아주머니가 장에 가기만 기다렸다. 아주머니가 장에 가는 걸 보고 달려가서 복숭아 몇 개를 땄다. 개울가로 가서 복숭아 맛을 보았는데 달지 않았다. 홍제와 나는 좀 더 기다렸다가 다 익으면 먹자고 약속했다.

도깨비불

도깨비와 밤새 씨름을 하다가 이겨서 허리띠로 도깨비를 나무에 매달아 놓고 이튿날 가보니 도깨비는 온데간데없고 몽당싸리비였더라는 옛날이야기가 있다.

도깨비불이 앞산에 왔다 갔다 한다고 했다. 나는 도깨비와 도깨비불이 무섭지 않았다. 도깨비는 왼쪽으로 쓰러뜨리면 된다는 걸 알고 있었고 도깨비불로는 산불이 나지 않는다는 걸 알았기 때문이다.

달이 뜨지 않은 캄캄한 밤이었다. 우리 집 마당에 도깨비불이 있었다. 뜰팡*에 서서 오줌을 누고 있는데 마당에 도깨비불이 가득했다. 그때 어머니가 방에서 나왔다. 형광빛을 내는 것은 낮에 삼촌이 나무뿌리를 땔감으로 해와서 말리려고 널어놓은 것이었다. 형광빛이 많이 나는 것은 가지고 놀려고 한쪽으로 옮겨 놓았다. 이튿날 낮에 보니 형광빛이 많이 났던 데는 나무가 썩은 부분이었다.

*뜰팡: 토방의 사투리로 마루와 마당 사이의 공간을 말함

종손

 종손은 제사를 지내기 위한 맏이로 이어지는 손을 말한다. 그러니 맏이가 아들을 낳지 못하고 죽을 때는 둘째가 종손이 되는 경우도 있다. 대대로 보면 증조할아버지(이문호), 할아버지(이존학), 아버지(이원근) 그리고 내가 장손인데 부끄러움이 많다. 하지만 제사는 꼭 지내야 한다는 사실은 머릿속에 박혀 있다. 나는 우리 집안에 큰 잘못을 저지른 사람이 없는 것에 대하여 자부심과 고마운 마음을 가지고 있다. 나는 장손이라서 내 맘대로 종교를 선택할 수도 없다. 나는 나보다 자손들이 유명인사가 되길 늘 기도한다. 우리 집안의 장손은 대게 근엄했고 행동도 미더웠다. 그분들에 비해 나는 많이 웃고 가볍다.

2. 학창시절

입학

 내 생일은 음력으로 12월이다. 음력으로는 8살이지만 양력으
로는 7살이었다. 학교 보내 달라고 울고불고 떼를 써서 겨우
입학을 했다. 상월국민학교까지 집에서 10리 거리였다. 입학하
는 날 할머니가 업어다 주셨다. 할머니는 3일 동안 학교까지
나를 업고 학교에 갔다.

1번

 교실 바닥은 마룻바닥이 아니고 흙이어서 울퉁불퉁했다. 80여 명의 아이들이 한 반이었다. 의자 2개를 놓고 3명이 앉았다. 가운데 앉은 아이는 의자 사이에 다리가 껴서 무척 아파할 때가 있었다. 키 순서대로 번호가 주어졌는데 나는 1번이었다. 키가 제일 작다는 게 싫었다.

껌 씹기

 모든 것이 부족하고 어려웠다.

 껌을 만들어 씹기도 하고, 새까매지도록 벼름박*에 붙여두고 며칠씩 씹었다. 통밀로 껌을 만들어 씹기도 했다. 밀알을 자꾸 씹으면 끈적끈적 해지고 통밀 껍질을 빼내면 그럴듯한 껌이 되었다. 동네 누나가 껌을 한 개 샀다. 누나는 껌을 반으로 나누지 않았다. 단물이 다 빠질 때까지 누나 동생이 씹고 난 후 누나가 씹기로 했다. 얼마나 지났을까. 누나가 "그만 씹고 줘."라고 했지만 그 동생은 "아직 단물 안 빠졌어."라는 말만 반복했다. 누나와 동생이 교대로 껌 씹는 게 전혀 더럽게 느껴지지 않았다. 나도 누나가 있으면 좋겠다는 생각을 했다.

*벼름박: 바람벽의 방언

발시켓토

스케이트를 시켓토라고 불렀다. 시켓토는 나무를 깎아 발을 올려놓을 수 있게 하고 바닥에 철사나 칼날을 달았다. 양옆으로 고무줄로 신발을 묶을 수 있게 못을 살짝 덜 박고 앞에는 큰 못을 박아 얼음을 찍을 수 있게 만든다. 보통 한쪽만 만들어 한쪽 발을 들고 탔다. 내가 가진 발시켓토는 오동나무로 만든 거여서 가벼워 좋았다. 발시켓토는 썰매보다 빨랐지만, 기술이 필요했다. 시켓토 타는 기술을 배울 때 무척 재미있었다. 논에 물을 가둬 만든 야외 스케이트장에서 얼음이 다 녹을 때까지 시켓토를 탔다. 겨울에 즐기는 최고 놀이였다.

문둥이 고갯길

상월국민학교에서 집에 가려면 지경리를 지나 가재울, 주내 (석종리), 돌뿐이를 지나야 집에 도착했다. 주내는 큰 둥구나무 가 있고 비탈길이었다. 둥구나무 밑에서 쉬었다 가려고 하는데 한 거지 아저씨가 앉아 있었다. 어떤 아이가 "문둥이다!"라고 소리치며 도망을 쳤다. 다들 우르르 달렸는데 내가 가장 꼴찌 였다. 거지 아저씨는 나를 앞질러 달렸다. 왜 거지 아저씨가 우 리를 쫓아 왔는지 지금도 모르겠다. 앞서 달리던 홍래가 벗겨 진 고무신을 갖다 달라고 했다. 거지 아저씨는 "갖다 주지 마." 하고는 다시 둥구나무 밑으로 갔다. 문둥이가 몹시 무서웠다.

까치야 까치야

"까치야, 까치야 내 헌 이 가져가고 새 이빨 다오."
빠진 이빨을 초가지붕에 던졌다. 앞니가 2개 빠졌는데 고모랑
삼촌은 "이빨 빠진 노장군, 앞니 빠진 노장군."하며 놀려댔다.
나는 놀림당하는 게 싫었다. 어머니는 "장군은 높은 사람이야.
아빠보다 더 높은 사람. 그러니까 이빨 빠진 늙은 장군은 좋은
거야."하며 달래 주셨다.

대명국민학교

　상월국민학교 3학년 때 대명리에 상월국민학교 분교가 생겼다. 집에서 가까운 곳에 분교가 생겨 좋았다. 통학 거리가 10리에서 5리로 줄어든 것이다. 처음에는 분교였지만 후에 대명국민학교가 되었다. 지금은 넓고 큰 길이 생겼지만, 그때는 좁은 논두렁길로 다녀야 했다. 학교 가는 길에는 벼를 베어 길게 쌓아 놓았다. 학교 갈 때 생고구마를 가져가서 볏단 속에 감추어 두고 집에 갈 때 먹기도 했다. 학교 가는 길에는 큰 둥구나무가 있었다. 그곳에서 딱지를 가지고 놀기도 했다. 딱지를 서로 반으로 나누어 직위가 높은 사람의 딱지를 가진 사람에게 주는 게임이었다. 바꾸기 하는 딱지가 있어서 재미있었다. 두 사람 중에 딱지를 모두 뺏기면 끝나는 놀이였다.

버들피리

　버드나무에 새싹이 나올 쯤이면 가지에 물이 올라있었다. 가지런한 가지를 꺾어 굵은 부분의 위쪽부터 손으로 비틀면 나무와 껍질이 분리된다. 가는 부분을 자르고 윗부분의 껍질을 칼로 잘라낸다. 윗부분을 붙잡고 '맘 맘 맘' 소리를 내며 껍질을 벗겨낸다. 하얀 나뭇가지가 보이면 입으로 쪽 빨아먹었다. 맛이 달짝지근했다.

　빼낸 껍질을 적당하게 자르고 한쪽 끝을 눌러서 겉껍질을 칼로 벗겨내면 연한 연두색의 버들피리가 완성된다. 버들피리를 호뚜기라고 불렀다. 가는 것은 고음이 나고 굵은 것은 저음이 났다. 버들피리 여러 개를 입에 물고 다니며 불었다.

개구리 다리

개구리 대가리를 발로 밟고 한쪽 다리를 세게 당기면 껍질이 벗겨진 두 다리만 나온다. 그게 신기하기만 했지 잔인한 행동 이라는 생각을 못 했다. 벗겨진 개구리 다리를 구워 먹고 깡통 에 넣어 끓여 먹기도 했다. 개구리 다리 맛은 닭고기와 같았다. 보리는 겨울에 씨를 뿌려 여름에 수확한다. 완전히 여물지 않 은 덜 익은 보리를 잘라다가 구워 먹었다. 그 맛은 구수름하고 달았다. 하지감자도 캐다 구워 먹었다.

비와의 경주

    소낙비가 저 멀리서 후두두둑 쫓아오고 있었다. 죽을힘을 다해 달려보았지만 한 번도 이긴 적이 없다.

상엿집과 뱀

 학교 가는 길은 좁은 논길이었다. 길옆에 상엿집이 있었고 바위가 있었는데 거기 뱀이 많았다. 상엿집을 지날 때면 머리카락이 쭈뼛 섰다. 뱀굴이라고 불렸는데 유독 그곳에 뱀이 많았다. 독사나 구렁이가 아닌 물뱀이었다. 붉은색과 녹색 띠를 한 꽃뱀(유혈목)도 있었다. 그곳에는 죽은 뱀의 사체가 늘 있었다. 누가 죽여 놓은 것이었다. 아무 이유 없이 동네 아이들과 뱀에게 돌을 던졌다.

쇠똥구리

 학교에서 집으로 가는 길에 쇠똥구리를 발견했다. 실제로 보기는 처음이었다. 몸집에 비해 큰 공을 발로 밀며 가는 게 신기했다. 쇠똥 가까이였는데 무척 바쁘게 움직였다. 옆에는 소똥이 있고 공이 너무 축축해서 만질 수가 없었다. 쇠똥구리는 금세 논두렁길 밑쪽으로 내려갔다. 그 후로 쇠똥구리를 찾으려고 주의 깊게 보았지만 볼 수 없었다.

공책

　방학이 끝나고 과제물 검사를 해서 상장과 공책을 주었다. 공책을 많이 받아 재웅이(동생)에게 주기도 했다. 재웅이는 띠울 셋째 고모의 아들이다. 띠울 고모는 재웅이를 낳고 일찍 돌아가셨다. 어릴 때나 초등학교 다닐 때 나는 그림을 제일 잘 그린다는 자부심이 있었다.

참새 굴

초가지붕 밑에는 참새들이 구멍을 내고 살았다. 참새 굴에서
새끼를 키웠다. 이때는 참새를 잡지 않았지만 겨울에는 참새
굴을 쑤셔서 참새를 잡았다. 사다리를 놓고 올라가 참새 잡는
것을 구경했다. 여러 개의 참새 굴을 쑤셔도 참새는 별로 없었
다. 두세 마리 잡으면 성공이었다. 굴에서 꺼낸 참새를 손에 쥐
어보면 따뜻했다. 실수로 참새를 놓치기도 했다.

우물 안 개구리

4학년 때 논산에서 열린 초중고 사생대회에 교감 선생님과 둘이 갔다. 교감 선생님은 국밥을 사 주셨다. 처음 나간 미술대회였는데 나는 입상을 못했다. 그 후로 우리 학교에서는 미술대회에 참가하지 않았다. 풀이 죽어 집에 돌아왔는데 어머니는 속상해하지 말라고 했다.

작은어머니는 "초가집만 그리다가 양옥집을 그리기 어려웠을 거야."라고 했지만 나는 자존심이 상했다. 내가 우물 안 개구리였음을 알게 되었다.

논산 사생대회에서 한 여고생이 하늘을 그리는 것을 보고 깜짝 놀랐다. 구름 한 점 없는 파란 하늘이었는데 그 여학생은 보라색, 빨간색, 황토색, 노란색 등을 사용해서 그리는 것이었다. 나는 그림을 마친 상태에서 계속 주의 깊게 지켜봤다. 그 학생은 세로로 된 도화지에 하늘 그리는 것에 많은 시간을 보냈다. 그리고 나머지는 쓱싹쓱싹 빠르고 쉽게 그려 나갔다. 그 후로 하늘을 그릴 때 배경을 남다르게 그렸다. 그 여학생의 하늘처럼 추상적으로 표현했다.

매미채

　매미를 손으로도 잡지만 거미줄로 매미채를 만들어서 잡았다.
긴 막대기나 대나무 끝에 거미줄을 돌돌 감으면 매미채가 되었
다. 매미채를 만들려면 엄청 많은 거미줄이 필요했다. 어릴 적
에 우리 동네에는 몸집이 크고 시끄러운 말매미와 쓰름쓰름 우
는 쓰름매미가 제일 많았다.

웅변대회

　6·25를 맞이하여 반공 웅변대회가 학교에서 열렸다. 상만규 담임선생님은 웅변 원고를 여러 명에게 읽게 했다. 한동네에 사는 동창 홍래와 내가 선발되었다. 원고는 선생님이 써 준 것이었다. 홍래는 "민족의 숙원인 남북통일도 이루지 못 한 채⋯⋯"로 시작했고 내 원고는 "친애하는 학생 여러분."으로 시작했다. 원고를 외울 정도로 연습을 많이 하라고 했지만 홍래도 나도 그러지 못했다. 당연히 상도 타지 못했다.

연천봉

 연천봉은 우리 집에서 보면 상봉(천황봉)보다 더 높게 보였다. 상봉, 연천봉, 국사봉을 늘 보며 살았다. 소풍은 대개 신원사로 갔는데 5학년 때는 연천봉으로 갔다. 망개나무 열매가 빨갛게 익은 가을이었다. 망개를 충청도에서는 명기라고 불렀다. 선생님은 망개열매가 보이면 "저게 뭐지?"하고 우리는 여럿이서 "명기."라고 대답하며 산에 올랐다. 망개열매를 먹기도 하는데 즙이 없고 시큼하고 맛이 없었다. 선생님은 이곳저곳을 가리키며 어디인가를 알려 주었다. 정상에서 내려다보는 풍광은 무척 아름다웠다. 정상에서 오래 머물 수가 없어 점심을 먹고 바로 내려와야 했다.

운동회

　운동회는 아이들뿐만 아니라 동네 축제였다. 각 부락마다 선수를 뽑아 씨름, 달리기 등을 해서 우열을 가렸다. 학생들을 청군 백군으로 나눠 하얀 띠와 청색 띠를 두르고 하루 종일 경기를 했다. 장사꾼들도 많이 오고 할아버지 할머니 부모님들이 참석했다. 할머니 아니면 어머니가 운동회 때마다 오셨다. 아버지는 군에 계셨기 때문에 단 한 번도 참석하신 적이 없다. 아버지와 다리를 묶고 달리는 게임을 구경하며 아버지를 원망하기도 했다. 8명씩 달리기를 하여 3등까지 상품을 주었는데 난 한 번도 상을 탄 적이 없었다.

　운동회의 백미는 학년별 대표를 뽑아 릴레이를 펼치는 것이다. 이 경기가 청군 백군 승패를 좌우했다. 목이 터져라 응원하고 이긴 팀은 만세를 부르고 진 팀은 박수를 쳐 주었다. 이때쯤이면 뉘엿뉘엿 해는 지고 어둑어둑해졌다.

천렵

신원사 계곡으로 가을 소풍을 갔다. 이번 소풍은 점심을 싸 가는 게 아니라 직접 만들어 먹는 거였다. 가까운 동네별로 조를 짜서 준비를 했다. 동네 가까이 사는 운태는 당연히 한 조였다. 냄비밥을 하고 국을 끓이기 위해 계곡에서 물고기를 잡아야 했다. 버들치와 가재를 잡았다. 운태는 처음 보는 커다란 새우 같은 것을 잡았다. 밥물을 맞추고 냄비 뚜껑 위에 돌을 얹어서 밥을 했다. 돌로 냄비가 올라가도록 쌓고 나무를 해서 불을 땠다. 처음해 보는 밥이지만 태우지 않고 잘 되었다. 국도 가져온 양념을 넣어 불그스름하게 끓였다. 특별하고 의미가 있는 점심이었다. 설거지를 대충하고 물속에 들어가 물고기를 잡으며 즐거운 시간을 가졌다. 물이 많아서 좋았다.

서울 구경

 6학년 때 서울로 수학여행을 갔다. 당일치기였기에 동물원(창경원)에 가서 동물들을 구경하고 돌아왔다. 동물원에 도착하자 흥겨운 음악이 흘러나오고 발 디딜 틈이 없을 정도로 사람들이 많았다. 코끼리를 비롯한 동물들이 많았는데 호랑이가 제일 보고 싶었다. 호랑이를 더 보고 싶었지만 구경할 동물들이 많은 친구들과 함께 다녀야 하기 때문에 그러지 못했다. 서울은 사람들이 너무 많았다. 선생님은 아파트를 토끼집이라고 했다. 말은 제주도로 보내고 사람은 서울로 가야 한다는 말을 많이 들었지만 사람들이 너무 많아 서울에서 살고 싶다는 생각이 들지 않았다.

콩쿠르 대회

 1년 더 다니는 게 창피하고 싫었지만 아이들과 어울려 재미있게 보냈다. 우리 동네에서는 정운태와 한 반이고 함께 다녔다. 운태와 나는 아주 친하게 지냈는데 어느 날 뜬금없이 초등학교 콩쿠르 대회를 열자고 했다. 그 당시에는 이곳저곳에서 각종 콩쿠르 대회가 많이 열렸다. 국민학교 마지막 여름방학이었다. 마이크도 없고 조명도 없는데 어떻게 하냐고 했더니 해 질 녘에 시작해서 일찍 끝내면 된다고 했다. 운태와 나는 콩쿠르 대회를 동네 앞개울가에서 열기로 하고 돌을 쌓아 무대를 만들었다. 참가비는 10원이었고 1등 상은 공책 5권이었다. 작은아버지는 "지금부터 초등학교 콩쿠르 대회를 시작하겠습니다, 큰 박수 부탁드립니다."를 큰 소리로 말하라고 했다. 많은 아이들이 구경하고 노래자랑에 참가했다. 어른들도 구경하고 동네 형들이 많이 왔다. 심사는 동네에 사는 이용래 형이 봤다. 1등은 윗동네 수정골에 사는 동창 이연수가 차지했고 2등은 우리 동네 이홍재가 탔는데 '비 내리는 호남선'을 불렀다. 어설프게 콩쿠르 대회를 마무리했지만 즐거웠다. 딴 동네에서도 국민학교 노래자랑을 열겠다고 했지만 열지 못 했다.

중학교 입학

　공주시에 가서 시험을 보고 합격을 해서 공주 중학교에 입학
했다. 경쟁률은 2:1 이었다. 공주 중학교는 공주 고등학교와 한
운동장을 썼다. 넓은 운동장 가에 엄청 굵은 플라타너스 나무
가 많이 있었다.

교복

맞추어 입는 교복이 있고 기성복 교복이 있었다. 맞춤 교복은
어깨가 멋스럽게 세워져 있고, 목부분이 빳빳하고 가슴 쪽도
두툼했다. 그에 비해 기성복 교복은 아주 후줄근했다. 모두 비
싼 맞춤 교복을 입었고 기성복을 입은 사람은 한 반에 한 명 아
니면 두 명 있을까 말까였다. 기성복이면 어때 하면서도 마음
깊은 곳에서는 주눅 들고 부끄럽다는 생각이 들었다.

양복점

 학교 가는 큰 길 양쪽에는 교복을 맞춰주는 양복점이 아주 많
았다. 교복 맞춤 전문점들이었다. 학교를 오가면서 어느 양복
점의 옷이 좋은가를 주의 깊게 살펴보았다. 딸고마니 고모가
양재학원을 다녀서 옷 만드는 거에 관심이 많았다. 맞춤양복점
의 교복은 다 똑같은 것 같지만 약간씩의 차이가 있었다. 나는
많은 양복점 중에 화신 양복점 옷이 제일 마음에 들었다.

하숙생

　어머니 사촌 오빠네 집에서 학교를 다녔다. 공주사대와 성당이 잘 보이는 꼭대기 집이었다. 집 뒤에는 공산성이 가깝고 옆에는 활 쏘는 곳이 있었다. 아저씨는 금광을 경영하다가 은퇴했고, 막내딸은 사대부고에 다니고 있었다. 아저씨네 집은 시골 친척들이 공주에 유학을 오면 아주 싼값으로 학교에 다니도록 편리를 봐 주는 것 같았다. 하숙비가 보통 쌀 5~6말 정도인데 여기는 쌀 3말을 받았다. 꼭대기 집이라 수도가 연결이 안 되어 큰 길 건너 옥룡동에 있는 샘물을 길어 와야 했다. 처음 해 보는 물지게가 쉽지 않았다. 몇 년 뒤 수도가 들어와서 참 편리했다. 아주머니는 무척 친절하게 잘 해 주셨다.

너 그거 모르지?

겨울 방학을 앞두고 친구들과 주내(동네 이름)에 있는 방앗간 집에 갔다. 모두 공주에서 중학교를 다닐 때였다. 방에는 겨울이라 이불이 깔려 있었다. 추워서 이불로 발을 덮고 있는데 인표 녀석이 이상한 짓을 했다. 인표는 이불에 허옇게 묻혀 버렸다.

내가 하도 어이없어서 넋을 잃고 있는데 "너 이거 모르지?"라고 인표가 물었다.

"알아, 그런데 나는 왜 안 나오지?"

"진짜? 고자야?"

처음 공주에서 목욕탕을 갔는데 당황스러웠다. 국민학생으로 보이는 애도 희미하지만 시커멓게 보이는데 나는 전혀 없었다. 나올 기미도 보이지 않았다. 인표는 성 박사나 되는 척하며 여자는 없을 수 있지만 남자는 절대로 그럴 일이 없다고 했다. 남성 호르몬이 어쩌구저쩌구 하면서.

산장의 여인

 공산성으로 소풍을 갔다. 나는 생뚱맞게 권혜경의 ‘산장의 여인’을 불렀다. 이 노래는 딸고마니 고모가 시집가기 전에 많이 불러서 배웠다. 고모는 그 당시로는 조금 늦은 나이에 결혼했다. 어린 마음에 시집을 가고 싶어서 이 노래를 부르나 생각했다. 나중에 물어봤더니 그 당시에 유행이어서 불렀을 뿐이라고 했다. 고모는 노래를 잘했다.

 금강교 지나 ‘전막’이라는 동네가 있었다. 종덕이는 전막에서 살았다. 김상희의 ‘울산 큰 애기’를 개사해서 종덕이는 불렀다. 큰 덩치로 “내 이름은 충청도 전막 뚱띵이·····”를 부르면 모두가 박수를 치며 즐거워했다.

꿩

　사냥개를 데리고 총으로 꿩 잡는 사람들이 우리 동네에 많이 왔다. 포수들을 따라다니며 탄피를 모아 놀기도 했다.

　일요일 오후 공주로 갈 준비를 하고 있었다. 뒤꼍에서 쿵 하는 소리가 났다. 그곳에 가보니 장끼 한 마리가 우리 집 벽에 부딪혀 떨어져 있었다. 돌담이 조금 무너진 곳으로 동네 사는 홍제가 들어오려고 하였다. 홍제도 꿩을 보고 따라왔던 모양이다.

　어머니는 무척 좋아하셨다. "할아버지가 널 위해 보내 주셨나 보다."하시며 기뻐하셨다. 어머니는 꿩 도리탕을 해 주셨다. 꿩고기는 닭고기보다 질긴 것 같았지만 더 맛이 좋았다. 꿩고기를 좀 가지고 하숙집에 갔다.

가장행렬

　백제문화제는 부여에서만 열리다가 1966년 내가 2학년 때 처음으로 부여와 공주에서 동시에 개최했다. 공주의 중고등학교는 거리 퍼레이드에 참가했다. 우리 학교에서는 미술선생님과 큰 불상을 만들고 은색칠을 해 퍼레이드를 했다. 미술시간에 가장행렬에 쓸 탈을 만들었다. 종이로 만들기도 했는데 나는 박으로 탈을 만들었다. 나는 여자 한복을 입고 참가했다. 친구들은 탈을 쓰고 남자 한복, 신사복을 입고 퍼레이드를 했다. 영명 고등학교에서는 윗옷을 벗고 배에다가 사람 얼굴을 그리고 참가했다. 걸어갈 때마다 얼굴이 움직여서 사람들의 배꼽을 쥐게 만들었다.

개근상

중학교 졸업식 때 3년 개근상을 탔다. 국민학교 다닐 때는 학
년마다 주는 1년 개근상이 있었다. 나는 한 번도 개근상을 타
본 적이 없다.

수업료를 못 내서 창피했고, 하숙하면서 쌀을 못 내 애를 태우
기도 했지만 열심히 학교에 다녔다. 하숙비를 돈으로 내는 게
아니고 쌀로 가져갔다. 하숙하는 집의 외5촌 아주머니는 어머
니처럼 잘해 주셨다. "내가 학교에 가 사정해 볼까?"라고 한 말
을 아직도 잊지 못한다. 아주머니는 "개근상이 최고의 상이다"
라고 하셨고, 어머니도 좋아하셨다.

고등학생이 되다

고등학교에 입학했다.

입학을 했지만 가정 형편이 안 좋아서 걱정이 많았다.

괜찮아

 미술반에 안 가고 왜 문학반에 가냐고 했다. 차마 수채화 물감을 못 사서 문학반에 간다고 말할 수는 없었다. 공산성 소나무 숲으로 갔다. 소나무들이 쓰러지고 있었다. 소나무를 끌어안고 오열했다.
"미술반 아니면 어때. 괜찮아, 나는 괜찮아."

어떡하지?

　학교를 다녀야 하나 안 다녀야 하나 고민을 많이 했다. 쌀 4말
씩 내는 하숙비도 밀리고 학교에 내는 월사금도 밀리고. 어머
니에게 학교 그만두겠다고 했다. 기술을 배우겠다고.
"너 학교 그만두면 애미는 그 순간 이 세상에 없는 줄 알아라."
라고 무섭게 말했다.

시계점

 한 방에 살고 같은 학교 선배인 근선이가 학교를 중퇴했다.
늘 명랑해서 집안이 어려운 줄 몰랐다. 일 년만 더 다니면 졸업
인데…….
 근선이는 시계점에 가서 기술을 배운다고 했다.

소나무

소나무들이 쓰러지고 있다
달려가서 어깨로 받혔다

무거워서 땀이 났다
소나무도 힘이 들었는지
밑동이 흥건했다

소나무를 힘껏 안았다
선생님처럼 말했다
"소나무야, 쓰러지지 마."라고

비행기

수학여행을 1박2일로 제주도에 간다고 좋아했다. 나는 전혀 기쁘지 않았다.

비행기를 타면 어떤 느낌일까?

귤

　친구 언영이가 제주도에서 사 온 거라며 귤 두 개를 주었다.
귤은 시큼하고 달콤했다. 국물을 먹고 건더기를 뱉었다. 언영
이는 다 삼키는 거라고 했다. 비행기 타니 기분이 어떻더냐고
물어보고 싶었지만 묻지 않았다.

영화 간판

예비고사 성적도 좋지 못했고, 가정 형편상 대학을 갈 수가 없었다. 어서 빨리 돈을 벌고 싶었다. 각 극장마다 영화를 선전하기 위해 대형 영화 포스터를 그려 달았다.

어느 날, 영화 상영관인 대전 시민관에서 영화를 보고 화장실에 갔다가 창문 너머로 극장 간판 그리는 모습이 보였다. 멜빵 청바지를 입고 옷에 페인트가 덕지덕지 묻어 있었지만 그림 그리는 모습이 무척 멋있어 보였다. 홀린듯 찾아가 그림 그리는 것을 배우고 싶다 하니 쉽게 취직이 되었다.

유성 외삼촌댁에서 기거하며 다녔다. 만원이 되면 얼마간의 보너스를 받았다. 간판 그림을 바라보는 게 좋았다. 그러나 임금이 너무 적고 비전이 없어 보여 3개월 만에 그만두었다.

자전거

 대전 고모부가 유성 보건소에 다니셨는데 나를 취직시켜 주었다. 보건소에는 일제 낡은 자전거가 있었다. 자전거를 못 탔던 나는 20살에 자전거 타는 법을 배웠다. 자전거 타는 것은 짜릿하고 재미났다. 군대 입대하기 전까지 이곳에서 일했다.

와인색 자전거

 막냇동생이 어렸을 때 와인색 자전거를 사다 주었다. 동네에
서 자전거를 가진 아이는 막내뿐이었다. 친구들이 자전거를 타
려면 동네를 한두 바퀴 밀어줘야 태워줬다고 한다.

3. 군대 이야기

수용 연대

1973년 2월에 논산 수용 연대에 입소했다.

이곳에서 "거총", "까"를 하며 신체검사를 받는다. 이곳은 6주 훈련을 받기 직전 머무는 곳이다. 보통 일주일을 머물렀다. 여기서 6학년 때 초등학교 콩쿠르 대회를 함께 열었던 정은태를 만났다. "이것도 떨어지면 어떡해?"하며 어색한 분위기를 바꿨다. 신체검사 후 돌아가는 사람도 있었다. 짬밥은 맛이 없어서 PX에서 빵으로 대신하기도 했다. 입었던 사복을 고향에 부치고 군복을 입었다. 군복을 입은 후부터 매일 뛰어다녀야 했다. 맛없던 짬밥이 맛있어졌다. 인간의 입맛은 간사하다.

군번

내 군번은 1234****이다.

군번 12345678이면 무조건 육군본부에 배정된다고 했다. 26
연대에서 6주 훈련을 받았다. 훈련 조교의 고함 속에 총검술
16개 동작, 사격, 체조 등을 익히며 눈코 뜰 새 없이 뛰어다녀
야 했다. PX는 점심시간에 이용할 수 있었는데 줄만 서 있다가
마는 경우가 대부분이었다. 화장실은 푸세식이었는데 이곳에
먹을 것을 빠트렸다는 얘기도 들렸다.

삐약삐약

 천으로 덮은 군용트럭에 실려서 산골짜기로 산골짜기로 들어
갔다. 무섭다고 할 수는 없지만 긴장이 많이 되었다. 1973년 4
월, 사단 교육대에 도착했다.
 사단 교육대에서 '쿵 자라 작작 삐약삐약' 중사 계급의 하사관
을 만났다. 노래 한 소절 끝나면 쿵 자라 작작 삐약삐약을 부르
고 다음 소절을 부르게 했다. 식당에서 밥을 먹을 때마다 기다
리면서 노래를 하게 했다. "해 저문 소양강에 쿵 자라 작작 삐
약삐약 황혼이 지면 쿵 자라 작작 삐약삐약……" 이런 식이었
다. 그는 환한 웃음을 지으며 긴장을 풀어 주었다. 제대하고 수
년이 지난 후 방송에서 쿵 자라 작작 삐약삐약이 유행했다.

경기관총

　논산훈련소에서 강원도 화천으로 배정받았다. 사단 교육대에서 4주 훈련을 받았는데 경기관총 교육을 받았다. LMG는 경기관총인데 무거웠다. 한 사람이 운반하고 쏘도록 되어있지만 무거워서 돌려가면서 들고 이동했다. 사격 훈련 중에 LMG 불발탄이 산불을 냈다. 훈련병 모두가 뛰어가서 윗옷을 벗어 불을 꺼서 산불로 번지지는 않았다.

신고 빠따

1973년 5월, 2중대 2소대 화기분대로 배속되었다. 신고 빠따라고 하면서 하사인 화기 분대장이 고참순으로 몽둥이로 5대씩 내리쳤다. 병장은 열외였다. 나는 3대를 맞고 버티지 못하고 일어섰다. 도저히 엉덩이를 맞을 수 없으니 손바닥을 내밀었다. 두 대는 손바닥을 맞았는데 멍들고 부어서 밥 먹기가 불편했다.

'폭력은 군 발전을 저해하는 요소다.' 라고 내무반마다 크게 적어 붙여 놓았지만 몽둥이찜질은 성행했다.

벌거숭이

빨래하는 날을 정하고 계곡으로 갔다. 계곡물에 멱을 감고 빨
래를 하고 놀았다. 누구랄 것도 없이 팬티도 입지 않고 덜렁덜
렁거려도 창피한 게 없었다. 무더운 한여름이었지만 계곡물은
차가웠다. 계곡에는 물고기가 많았다. 그중에 '김일성고기'라
고 하는 특이한 물고기가 있었다. 구구리(얼룩 동사리가 표준
어)처럼 입이 크고 시크스름하고 징그럽게 생겼다. 손으로 잡
아도 도망가지 않고 입만 쩌억 벌린다. 라면을 끓여먹으면서도
물고기를 잡아먹을 생각은 못했다.

파견 근무

자대에서 근무한 지 3개월 후 대대 작전과로 파견근무를 했
다. 나는 차트 일을 했다. 군에서는 차트사라고 불렀다. 파견
근무여서 관물을 지급받지 않았고 점호도 열외였다. 전지에 굵
은 수성펜으로 브리핑 내용을 만들고 부대가 이동하면 새 지도
를 그렸다. 철책선 근무를 하다가 후방 쪽으로 이동하고 다시
철책선 근무를 서는 것을 반복했다.

강아지와 고양이

  내무반에 소형 강아지와 고양이가 살았다. 서로 싸우면 고양이가 이겼다. 어느 날 강아지가 고양이에게 다가가 꼬리를 물어 버렸다. 그 후 둘은 싸우지 않고 잘 지냈는데 강아지가 없어졌다. 한 반합밖에 안 되더라는 둥 이런저런 얘기가 많았다.

첫 휴가

　입대한 지 7개월째인 1973년 9월 첫 휴가를 갔다. 대전역에서
내렸는데 나이 많은 아주머니가 예쁜 아가씨를 소개시켜 준다
고 따라오라고 했다. 휴가 나오기 전에 성병에 대한 교육을 많
이 받았다. 휴가 갔다 와서 후송가는 사람도 있었다. 나는 나이
많은 아줌마를 따라가지 않았다. 34개월 넘게 근무하면서 휴가
는 네 번이었다.

눈

 강원도에는 눈이 많이 왔다. 50cm 정도는 많이 오는 축에 들지도 않았다. 쓸어내면 또 쌓이고 쌓였다. 5월에도 눈이 내렸다. 눈이 쌓여있는데 나비가 날아다니기도 했다.

야전 무대

군대 생활 중에서 가장 즐거운 것은 야전 무대를 꼽을 수 있다. 전방에서는 일반인을 전혀 볼 수 없다. 야전 무대의 하이라이트는 댄서의 춤이라고 할 수 있다. 댄서는 얼굴을 가리고 나왔다. 옷을 하나씩 벗고 마지막에 마스크를 벗었다. 군인들은 환성을 지르며 열광했다. 야전 무대에 나가서 현미의 '몽땅 내 사랑'을 부른 적이 있다.

카빈 소총

훈련관 카빈총이 없어졌다. 난리가 났다. 이곳저곳 전화를 하고 알아봤지만 찾을 수 없었다. 나는 우리 지역 경계 철조망을 돌며 찾았지만 소용없었다. 경계지역 철조망은 아주 가파른 곳도 있었다. 3일 만에 찾았다. 어떤 병사가 이곳에 올 때 그냥 왔다가 총이 없으면 복귀 못할 것 같아서 가져갔다고 했다.

전역

1975년 12월, 34개월 15일 만에 전역했다.

다친 곳 없이 건강한 몸으로 제대해서 감사했다. 무엇이든 할
수 있다는 자신감이 넘쳤다.

4. 직장 생활

집채만 한 기계

 5촌 막내 당숙이 자신이 다니는 신탄진에 있는 풍한산업에 사원 모집한다고 알려 주었다. 필기시험을 보고 합격이 되었지만 걱정이 앞섰다. 기계가 집채만 하고 소리도 요란했다. 섬유를 가공하는 곳이었다. 상무님이 이런저런 질문을 하고 손바닥을 펴보라고도 했다. 동기생은 7명이었는데 사무실을 비롯해 여러 부서에 배치되었다. 나는 조제실에 배치되었다. 큰 기계를 다루는 곳이 아니어서 기분이 좋았다. 1977년 3월이었다.

응원단장

 입사한 첫해 가을에 부서별 체육대회가 열렸다. 포염(염색, 가
공, 전처리), 타월과, 제직과, 시험실이 참가했다. 신입사원이
응원단장을 하는 게 전통이라며 내게 응원단장을 시켰다.
 배구, 족구, 달리기, 피구, 오재미 놀이 등을 하며 우승 팀을
가렸다. 나는 응원복을 만들었다. 큰 깡통 위에 서서 한복 입은
여사원들과 노래 부르며 응원을 했다. 우리 시험실 팀은 꼴찌
를 했지만 응원상을 탔다. 대전 본사에서 열린 체육대회에서도
응원단장을 해야했다.

고스톱

 1970년대 도박판이 성행하면서 현재와 비슷한 규칙이 생겼다고 한다. 내가 고스톱을 접한 것은 1979년이었다. 민화투나 도리짓고땡보다 훨씬 재미있었다. 고스톱 열풍은 대단했다. 모이기만 하면 고스톱을 쳤다. 나는 도리짓고땡보다는 돈도 덜 나가고 머리를 쓰면서 하니까 더 재미있었다.

고교 야구

 70년대의 고교 야구 인기는 대단했다. 군 복무 중에도 라디오 중계를 들었다. 1979년 대통령배에서 모교인 공주고등학교가 우승을 차지했다. 결승에서 부산고를 4:3으로 이겼다. 현 국가 대표 감독인 김경문 포수가 최우수상을 받았다. 후배들의 우승에 환호했고 작지만 후원금을 보냈다. 1982년에 프로야구가 출범했다.

콘서트

대전 시민관에서 열리는 희자매 콘서트에 회사 동료들과 갔다.
인순이의 폭발적인 가창력을 직접 보고 싶어서였다. 함께 공연
하는 신중현도 보고 싶었다. 시민관은 인산인해로 발 디딜 틈
도 없었다. 희자매의 역동적인 춤과 히트곡이 앵콜 속에 이어
졌다. 신중현이 나왔다. 넘어질 듯 눈을 감고 기타를 치는데 무
척 신났다. 신중현은 신들린 사람 같았다. 입장료가 하나도 아
깝지 않은 신나고 즐겁고 행복한 공연이었다.

돼지

 돼지 파동이 일어났다. 돼지가 너무 많아서 일어난 것이었다. 돼지도 소처럼 숫자를 관리하면 될 것 같았다. 이 내용을 조선 일보에 투고하여 독자란에 실렸다.

 사무실에서 오라는 연락이 왔다. 상무님이 "농림부에 아는 사람 있니?"라고 물었다. 없다고 했다. 등기우편 한 장을 건네주었다. 농림부에서 돼지 파동에 대해서 이야기해줘서 고맙다는 내용뿐이었다. 도서구입권을 선물로 주었는데 그걸 타기 위해 신문사에 많은 투고를 했다. 그래서 그것으로 도서를 구입했다.

분임조 책

　충남 신탄진에 있을 때도 분임조 책이 있었는데 이곳에도 있었다. 나는 분임조 책에도 매달 응모를 해서 내 글은 늘 실리게 됐다. 주위 사람들은 나를 부러워하기도 했다. 이런 것들이 대구에서 생활하는데 스트레스를 풀 수 있는 계기가 되었다.
　기복이 형은 대구가 싫다며 신탄진으로 갔는데 금강 어느 곳의 기도터에서 돈을 번다고 했다. 신탄진에 있을 때 분임조 책에 내 글이 실리는 것을 대단하다고 칭찬하던 선배다.

키 큰 여자

초등학교부터 고등학교 때까지 늘 1번을 했다. 반에서 키가 제일 작았다. 나는 고등학교를 졸업하고 키가 컸다. 어릴 때부터 나는 키 큰 여자와 결혼하겠다고 했다. 직장 선배 어머니의 소개로 나보다 0.4cm 작은 165cm의 키 큰 여자를 아내로 맞았다.

결혼식

1980년 1월, 대전 행복예식장에서 결혼식을 했다. 주례는 친구인 홍래 아버지가 해주셨다. 많은 친척과 직장 동료들이 축하해 주었다.

폐백

결혼식장에서 폐백을 하지 않고 고향집에서 했다. 백석리 고모와 대전 딸고마니 고모가 아내 절하는 것을 도왔다.

잔치

결혼식을 끝내고 고향집에 와서 폐백을 드리고 이튿날 예식장
에 못 오신 분들을 위해 잔치를 했다. 하얀 눈이 펑펑 내렸다.

신혼여행

속리산 법주사로 1박 2일 신혼여행을 갔다.

옥천 처갓집에 들러 하루 자고 서울로 갔다. 육촌 형이 '월드컵'을 구경시켜 주었다. 윤복희를 비롯해 많은 가수들을 볼 수 있었다. 손위 처남 부부와 경북궁에 갔다. 눈이 많이 쌓였다. 응암동 당숙 집에 갔다. 육촌 여동생이 그린 국화가 거실에 있었고 열대어가 있는 어항이 있었다. 김포에 사는 첫째 처남집에 가서 인사를 드렸다. 형님은 몸이 편찮으셨다. 여의도에 사는 처남집에 갔다. 처남은 TV를 선물해 주셨다.

이별 아닌 이별

부모님은 처와 1년간 시골집에 살게 하다가 합치도록 하겠다고 했다. 부모님의 뜻을 따랐다.

한 달에 두 번씩 집에 가면 밤중이었다. 12시간 2교대를 했기 때문이다.

신혼집

부모님과 처가 6개월간 살고 드디어 함께 살게 되었다. 신혼
집은 회사 가까이에 있는 허름한 집을 결혼 전에 샀다. 세를 놓
기 위해 만든 집인데 방 한 칸 부엌 하나로 세 가구가 살고 있
었다. 방 두 칸을 쓰고 한 칸은 세를 놓았다.

아내가 해온 냉장고, TV, 재봉틀, 농을 넣고 좁게 살았다. 이
곳에서 딸 둘을 낳았다. 한 집에 사는 '한국타이어' 다니는 사
람도 큰딸과 거의 같은 시기에 딸을 낳았다. 어머니가 다녀가
시고 장모님이 아기를 봐 주셨다. 이 집에서 큰딸과 작은딸이
태어났다.

맏이

첫째로 태어나는 아이는 특별하다. 아무나 맏이로 태어나는 게 절대 아니다. 맏이는 특별한 아이에게 하늘이 정해주는 것이라고 나는 생각한다. 맏이는 부모의 극진한 사랑 속에 큰다. 맏이의 행동 하나하나는 새로운 역사이고 부모는 신비함에 행복해한다.

둘째는 어떠한 행동을 해도 부모의 주목을 받지 못한다. 맏이가 한 행동을 그대로 따라 하기 때문이다. 애정 결핍증에 걸릴 수도 있다. 이렇게 자라는 맏이는 생각하는 게 둘째나 셋째하고는 다르다. 둘째나 셋째는 자기 욕심을 차리지만 맏이는 동생들과 다르다. 책임감 같은 것이 아주 많다. 맏이로 아무나 태어나는 것이 아니다.

행복

　어릴 때부터 키에 대한 콤플렉스가 너무 많아 키 큰 여자와 결혼하겠다고 말했는데 말대로 되었다. 아내는 나보다 0.4cm 작은 165cm이다. 모든 게 서로 다르지만 잘 맞춰가며 조화를 이뤄 행복하게 살 것이다.

　우리는 결혼 첫날 많은 얘기를 했지만 어떤 일이 있어도 자식들은 꼭 대학을 졸업시키자고 다짐하고 약속했다. 행복은 주위 환경이 좌우하기보다는 자신의 마음이 좌우한다. 작은 일들에 감사하고 살면 행복해진다. 숨 쉬는 것, 걷는다는 것, 들을 수 있다는 것들에 무심코 지나기 쉽지만 그것들에 감사하면 행복해지는 거다.

예물시계 한 쌍

KBS2 TV였던가 사연을 받아 방영하는 프로가 있었다. 나도
글을 써냈다. 제목은 〈장모님한테 뽀뽀 받아본 사람 있어?〉였
다. 처갓집은 늘 사람들이 바글바글했다. 집에 들어서는데 장
모님이 다가와 "사위 왔어?"하며 내 볼에 뽀뽀를 했다. 사람들
이 모두 보고 있는데, 기분이 참 좋았다. 장모님은 막냇사위라
고 많은 사랑을 주셨다. 장모님은 내가 술을 못 먹어서 좋다는
말을 자주 하셨다. 장모님은 돼지코를 구해와 구워주셨고 내
팬티에 삼베 쪼가리를 대어 주시기도 했다. 이런 내용을 적어
보냈다. 인터뷰할 내용을 미리 알려줘서 미리 써놓고 읽어나갔
다. 아나운서가 "책 읽듯이 말씀하시네요"해서 깜짝 놀랐다.
선물로 받은 예물시계를 처는 지금까지 사용하고 있다.

임시직 취직

취직하기가 무척 어려운 시절이었다. 기피업종이라고 해도 시
험을 보고 입사해야 했다. 지게차 부서에서 임시직으로 사원을
모집했다. 시골 고향에 있는 일래 형이 잘 할 수 있을 거 같았
다. 지게차 면허는 없지만 자격증을 형은 충분히 딸 수 있겠기
에 말했더니 좋아했다. 임시직은 얼마 안 있어 정식으로 되었
다. 형은 자격증을 따고 정직원이 되었다. 고향에 가면 형 어머
니께서 꼭 오셔서 고맙다는 인사를 했다.

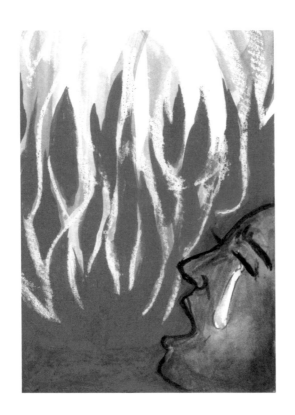

대형 불

 1983년 10월에 회사에 대형 불이 났다.

 야간반에 근무할 때였다. 후처리 기계에서 불이 났는데 소방 차가 왔지만 소용없었다. 공장 지붕이 슬레이트였고 그 밑에 두꺼운 스티로폼이 깔려 있었다. 스티로폼에 불이 번지면서 고스란히 태웠다. 인명 피해는 없어 다행이었다. 불길은 하늘을 덮을 듯 타올랐다. 아내가 현희와 민희를 데리고 왔다.

대구염색공단

 정용해 선배가 대구염색공단으로 일하러 가자고 했다. 1984년 1월이었다. 여러 부서에서 한 명씩 뽑아간다고 했다. 염색, 전처리, 후처리, 스티미, 시험실 근무자 7명이 대구염색공단의 동국염공이라는 회사에 입사했다. 회사에서 여관을 잡아주어서 합숙하듯 생활했다.

 도저히 못 살 것 같았다. 모두가 화난 사람처럼 보였다. 길을 묻기도 망설였다. 거친 억양으로 화를 내며 알려주었기 때문이다. "바쁜데 왜 묻노?"하는 것 같았다.

아들

  만규가 태어나던 날 세상은 모두 내 것 같았다. 아들은 우리에게 큰 기쁨을 주었다. 딸딸이 아빠를 던져버리고 어깨를 으쓱할 수 있게 되었다. 기념으로 시계를 샀다. 호랑이띠인데 태어난 날은 3월 1일이었다. 고향에 전화해서 기쁜 소식을 알렸다. 부모님은 장하다며 무척 좋아하셨다. 신주로 된 호랑이를 비싼 값을 주고 샀다. 한 푼도 깎지 않았고 큰 호랑이를 구하게 된 것을 기뻐했다. 장모님이 많은 고생을 했다. 만규와 함께 고향에 갔을 때 작은아버지는 며느리 걸음걸이가 달라졌다며 좋아했다. 아들 돌잔치는 고향에서 한다고 미리부터 아버지는 말씀하셨다. 많은 사람들의 축복을 받으며 모두가 그토록 고대하는 아들을 얻어서 우리 부부는 정말 행복했다. 웃음이 절로 나왔고 하루하루가 신나고 즐겁고 행복했다. 만규라는 이름은 육촌 형인 지영 형이 지어주었다. "별이 만 개면 더 바랄 게 뭐 있겠냐."라고 말영이 형은 말했다. 내 인생을 통틀어 가장 기쁘고 행복한 날이었다.

제안왕

내가 다닌 회사는 '동국염공'인데 대표가 백학기였다. 그는 서울대학을 나왔고 창의적인 생각을 가진 사람이었다. 제안제도를 실행하면서 적극적으로 제안 내용을 검토해 실행했다.

타향에서 불이익을 당한다는 피해의식 속에 살 때 백 대표는 내게 희망을 주었다. 나는 제안제도에 모든 걸 걸었다. 그 결과 회사 내에서 가장 많은 제안을 했다. 매주 월요일 시상을 했는데 거의 나의 독무대였다. 하루는 다섯 장의 상장을 받은 적도 있다. 제안제도가 좋은 것은 얼마간의 돈을 등급에 따라 주었다. 용돈으로 쓰기 부족함이 없었다. 자존감도 생겼다. 1991년의 일이다.

수박

아들이 4살 때 회오리바람에 이물질이 눈에 들어갔는데 이틀 동안이나 눈을 뜨지 못했다. 놀랄까봐 병원에는 가지 않았다. 약국에서 그리하라고 했다. 사흘째 되는 날, 퇴근하고 집에 와서 "만규야, 수박 봐라."하며 냉장고에서 수박을 꺼내는 순간 아들이 눈을 떴다. 얼마나 기쁘고 좋았던지⋯⋯. 아마 그때가 가장 기쁜 순간이었다고 생각된다. 아들이랑 수박을 먹으며 "자고 나서도 눈을 감고 있으면 안 돼."하니 "응."하고 대답했다. 아이 셋을 키우면서 그렇게 걱정하기는 처음이었다.

노란색 츄리닝

만규는 어린이집에 적응 못하고 집에서 생활했다. 어린이집에서 받은 노란색 츄리닝이 가위로 잘라져 있었다. 꼼꼼히 보니 츄리닝의 앞선이 실을 넣고 꽤매져 있었는데 아들은 그게 궁금해서 가위질을 한 것이었다. 호기심으로 자른 것이라 여기고 혼내지 않았다.

만규보다 늦게 태어난 6촌 동생이 추석 때 우리 집에 제사 지내러 왔다. 모두의 관심은 그 아이에게 쏠렸다. 그런데 아들이 보이지 않았다. 찾아보니 사랑방에 가서 혼자 울고 있었다. 모두가 자기한테 관심을 쏟았는데 동생에게만 쏠리는 그게 싫어서 혼자 울었던 것이다. 아이는 아이다.

노조위원장

　절실하게 원한 게 아니었는데 타의에 의해서였다고 할 수 있다. 견제 어쩌고 하면서 나는 노조위원장이 되었다. 노조 사무실이 있는 것도 아니고 하는 일은 그대로 하면서 한 달에 두어 번 사장단과 만나 대화를 하는 것이었다. 백학기 대표는 다짜고짜 "수익이 별로 없는데 월급만 올려 달라고 해서는 방법이 없습니다."라고 말했다. 그 당시 섬유업은 하향길이었고 일자리 자체가 별로 없는 최악의 상황이었다. 나는 직원들이 자부심을 느끼게 하는 일을 하고 싶었다. 함께할 수 있는 일들을 찾았다. 사내 포스터 경진대회, 사내 노래자랑, 진행하고 있는 제안제도 활성화 방안 등을 추진했다. 위원장을 하면서 회사 현황을 잘 알게 되었고, 사장단과의 만남을 통해 많은 것을 알게 됐고 배우는 게 많아 유익했다고 생각한다.

전기밥통

　회사에서 포항으로 가을 나들이를 갔다. 노조위원장을 할 때인데 본부장이 기어이 노래자랑에 나가라 해서 조영남의 '제비'를 노래했다. 다들 전영록의 '불티' 같은 신나는 노래를 하는데 미안한 생각이 들었다. 분위기를 깨는 것 같은 생각이 들었기 때문이다. 나는 의외로 1등을 해서 분홍색 전기밥통을 상으로 받았다. 그날 처음으로 살아있는 낙지를 먹었다.

대전역에서

 사람들이 인산인해를 이룬 대전역에서 둘째 딸을 잃어버릴 뻔한 아찔한 사고가 있었다. 아이 셋에 짐도 많은데 차에서 내려 짐을 내리고 보니 둘째 딸이 없었다. 이리 뛰고 저리 뛰는데 경찰관과 둘째가 함께 왔다. 어찌 된 거냐고 하니 둘째가 아빠를 따라간다고 갔는데 아빠가 아니었다는 거였다. 울고불고 하다가 경찰관을 찾아가서 엄마 아빠를 잃어버렸다고 했단다. 그때를 생각하면 지금도 아찔하다. 어린 것이 그 와중에 경찰을 찾아가서 기특했다.

이산가족 찾기

한국전쟁과 남북 분단으로 우리나라에는 이산가족이 많다. KBS에서는 한국전쟁 33주년과 휴전협정 100주년을 즈음하여 'KBS 특별 생방송 이산가족을 찾습니다'를 기획해서 방송했는데 국민들의 호응을 얻어내고 뜨거운 감동을 선사했다. 1983년 6월 30일부터 11월 14일까지 방송시간 458시간 45분동안 생방송했다.

이산가족을 찾겠다는 인파로 인산인해였고, 여의도 광장과 KBS 주변은 세계의 이목을 집중시켰다. 방송을 보면서 눈시울을 적시기도 하고 감격적인 만남을 보며 펑펑 울기도 했다. 2년 뒤인 1985년 9월 역사적인 이산가족 상봉이 이루어졌다.

서울 올림픽

서울 올림픽은 1988년 9월 17일부터 10월 2일까지 16일간 서
울과 경기도 등 수도권에서 개최되었다. 정식 명칭은 제24회
서울 올림픽 경기 대회이다. 아시아 대륙에서는 2번째 열렸다.
대한민국은 일제강점기와 6·25 전쟁을 거치면서 세계 최하위
민족으로 전락했었는데 불과 30여 년 만에 한강의 기적을 이루
어냈다. 대한민국은 위대하다. 대한민국은 자랑스러운 나라다.
  대회 마스코트는 '호돌이'이고 동물 모티브는 호랑이였다. 이
작품은 디자이너였던 김현의 작품이다.

큰딸 운동회

큰딸이 초등학생이 되어 운동회를 하는데 참석했다. 아이들의
재롱을 보는 게 즐거웠다. 작은딸과 막내는 종이로 만든 꽃을
폈다 접었다하는 장난감을 가지고 노느라 정신이 없었다. 거기
에 비해 큰딸은 의젓했다. 보석보다 더 귀한 내 새끼들이 건강
하게 자라줘서 고맙고 신났다. "대학 꼭 졸업 시켜 줄게."라고
묻지도 않은 말을 해주었다.

환갑잔치

　2002년에 아버지 환갑잔치를 했다. 5남매가 다 모였다. 손주가 7명이고 막내는 고등학생이었다. 많은 친척과 동네 분들이 모여 잔치를 했다. 중고등학교 시절 6년간 밥을 해 주신 공주 아주머니도 오셔서 반가웠다. 이튿날 내 차로 모시고 싶었지만 그리 못하고 택시로 모셨다. 장구 치는 여자 두 분을 초청해 흥을 돋우었고 전축을 뜰에 내놓고 마당에서 노래도 불렀다. 어머니는 아버지보다 한 살이 많아 환갑잔치를 하지 못했다.

3개월만

영식이가 대구에서 하던 회사 생활 못하겠다고 말했다. 어렵게 사정해서 취직 시킨 건데 기분이 나빴다. 실험실 업무가 힘든 것은 아닌데 동료 선배와 갈등이 문제였다. 세상에 쉬운 일이 어딨겠나. 영식이에게 "앞으로 3개월만 버텨 봐라."라고 단호하게 말했다. 영식이는 그 시기를 넘기고 잘 살고 있어서 흐뭇했다.

자가용

1975년 현대자동차의 '포니'가 출시되었다. 1970년대말 포니
는 마이카 시대를 열었다. 자가용은 부와 출세의 상징이었다.
80년대에 자기용이 많아졌고 90년대에는 일반화되었다. 나는
1992년에 자가용을 갖게 되었다. 와인색 타우너가 나의 첫 번
째 자가용차다.

살려 주세요

옥천에서 이원으로 가는 길에 졸았나 보다. 차가 도로를 벗어나 과수원 쪽 낭떠러지로 미끄러지고 있었다. 나도 모르게 "할아버지, 살려 주세요."를 반복했다. 차는 미끄러지다가 그대로 뒤집어지면서 멈췄다. 바퀴 4개가 하늘을 향하고 있는데도 전혀 불편하지 않았다. 안전벨트의 위력을 실감했다. 차에서 빠져나왔는데 다친 곳이 없었다. 차는 부서졌지만 다친 곳이 없어 감사하고 기분이 좋았다. 렉카가 왔는데 줄이 짧아서 다시 가서 줄을 연결해 차를 끌어 올렸다. "할아버지, 고맙습니다."

회사가 어딨지?

비가 엄청나게 많이 내렸다.
장대 같은 비에 앞이 안 보였다.
십년도 넘게 다닌 회사를 못 찾았다.
도깨비에 홀린 듯이 왔다 갔다 했다.
지각할 거 같았다.
진짜 회사 가는 길이 어디지?

아들 입학

아들이 초등학교에 입학하는 날 설레고 기뻤다. 할머니 등에 업혀 입학식에 갔던 내 국민학교 입학식이 생각났다. 나는 키가 제일 작았는데 아들은 키가 커서 기분이 참 좋았다. 직장 선배가 쓰던 비디오카메라로 아들의 입학 모습을 담았다. 나는 내 아들이 1등 하기를 바라지 않는다. 건강하고 행복한 아이로 성장하길 바란다. 아들이 기분이 좋은지 잘 웃어서 기분이 무척 좋았다. 유치원에 갔을 때 적응을 못해 울고 울어서 3일 만에 그만둔 이력이 있어 걱정은 되지만 잘할 거라고 믿는다.

월드컵

 제17회 FIFA 월드컵이 한국과 일본에서 열렸다.(2002년 5월
31일 ~ 6월 30일)
 우리나라는 기적 같은 4강 신화를 만들었다. 히딩크 감독의
용병술, 선수들의 노력, 국민들의 열광적인 응원이 기적을 만
들었다. 안정환의 반지 세리머니, 박지성이 골을 넣고 히딩크
에 안기는 장면, 홍명보가 두 손 높이 들고 환하게 웃던 모습,
황선홍의 부상투혼, 히딩크의 어퍼컷 세리머니, 차두리의 오버
헤드킥 등은 영원히 잊지 못할 명장면들이다.

외줄타기

　회사가 어려워지면 고임금자와 나이 많은 사람들은 위태위태
하다. 외줄을 타는 것 같다. 구조조정을 하면 퇴사 1순위이니
까.

나는 누구인가

 말을 일찍 배웠고 남들보다 일찍 그림을 그렸다. 수줍음이 많았지만 조잘조잘 떠들었나 보다. 일남이 여선생님이 '따달이'라는 별명을 지어줬다. 7살에 국민학교에 입학했다. 국민학교에서 고등학교까지 12년간 1번을 했다. 5학년 때는 1번을 하지 않으려고 양말 밑에 마분지를 접어 넣기도 했다. 공부는 1등은 아니지만 잘하는 편에 속했다. 놀면서 점수 좋은 사람이고 싶었고 끈기가 부족했다. 국민학교 졸업할 때까지도 나는 그림을 제일 잘 그린다는 자부심이 있었다. 국민학교 시절은 몸이 약해 1년 개근상도 못 받았지만 중학교 다닐 때는 3년 개근상을 받았다. 직장 생활하면서 가방끈이 짧아 고민했다. 30년을 섬유회사에 다니며 거의 12시간 2교대를 했다. 제안왕을 독식했고 신문과 품질관리 분임조 등에 글을 많이 보내 상품권을 받는 것을 좋아했다. 외식이나 여행을 사치라 여기며 살았다. 두 딸에게 메이커 운동화를 못 사주며 키웠다. 아이들에게 대학을 졸업시켜 준다고 했고 그 뒤로는 너희들이 알아서 해야 한다고 어릴 때부터 말해 주었다.

5. 은퇴 후 이야기

명예퇴직

 50대 후반에 어쩔 수 없이 퇴직했다. 65살까지 일하고 싶었
다. 평생 육체적인 노동을 안 하다가 힘쓰는 일을 하니 너무 힘
들었다. 손가락이 변형되는 것을 보고 퇴사했다. 막노동 일도
했는데 새벽같이 나가도 일이 없어 그냥 들어오는 날이 많았
다. 허탈감과 무력감에 시달렸다.

첫째와 둘째

　맏이는 다르다. 아무나 맏이를 하는 것은 아니다. 둘째는 대학
원을 가겠다고 했다. 나를 아끼는 사람들은 4년제 나왔으면 됐
지 뭘 또 보내냐고 했다. 그러나 내 생각은 달랐다. 다른 것은
몰라도 배우겠다는데 반대할 이유가 없다고 생각했다. 둘째 딸
은 수학을 무척 좋아했고 고등학교 3년 개근상을 탔다. 나는
둘째를 믿었다. 서울에 취업이 되어 서울살이를 했다. 과장 때
결혼을 했다. 서울에 살아서 여러모로 편리하고 고맙다. 덕분
에 63빌딩, 롯데타워에 가서 행복했다.

임종

아버지와 어머니, 나 셋이 어머니가 차린 아침을 먹었다. 어머니는 설거지를 하고 마당을 서성거리다가 갑자기 기침을 하기 시작했다. 심상찮아서 가봤더니 어머니가 휴지로 입에서 나오는 피를 닦고 있었다. 아버지가 빨리 충대병원으로 가라고 하셨다. 어머니를 안고 뒷좌석에 태우는데 너무 가벼워서 가슴이 아렸다. 어머니는 충대병원에 가기 전에 숨을 거두셨다. 응급실에서 인공호흡을 하는데 동생들이 왔다. 팔순잔치를 할 계획이었는데 그 몇 개월을 버티지 못하고 어머니는 가셨다. 내가 고등학교 졸업을 못 할까 봐 노심초사했던 우리 어머니가 다시는 못 올 곳으로 가셨다. 지금도 또렷이 기억한다. "너 학교 그만두면 그날로 애미는 이 세상 없다."라고 하시던 말씀.

시골살이

어머니가 돌아가시면서 처와 나는 아버지 진지를 위해 시골살이를 시작했다. 정신적으로나 육체적으로 너무 힘이 들었다. 대구에 있는 큰딸과 아들은 영양실조로 인한 C형 간염으로 고생했다. 시골에 살았지만 농사짓는 일은 무리였다. 논 4마지기 조금 넘었고 텃밭 150평에 깻잎 농사를 짓고 마당에 있는 밭에 고추와 배추 농사를 지었다. 농촌 사람들이 보면 가지고 놀만한 농사였다. 트랙터가 다한다고 하지만 농약을 쳐야 하고 비료를 줘야 했다. 발이 밭에 푹푹 빠져 힘들었다. 깻잎 농사는 매일매일 따서 팔아야 하기 때문에 새벽부터 일해야 했고 종일 깻잎을 접어도 바쁘기만 했다. 허리가 아파서 값이 비싼 마약성 약을 사 먹어야 했다. 농사나 지으며 살겠다고? 농사는 아무나 지을 수 있는 것이 절대 아니다.

하우스

하우스에서 삼겹살 파티를 했다. 친척 할머니가 준비했다. 귀향했을 때 하나부터 열까지 가르쳐주고 도와준 분이 이존성 할아버지다. 우리 할아버지와 향렬이 똑같아서 어릴 때부터 할아버지였다. 할머니는 새로 꺼낸 김치를 가져왔다. 처음 꺼낸 것이라 맛이 특별하게 좋았다. 할아버지네는 나이도 많은데 엄청 많은 일을 하고 있다. 깻잎 공장이랄 수 있다. 고향이 좋다. 고향 사람이 좋다. 고향 친척이 좋다.

장미 61송이 꽃다발

요즘은 환갑잔치를 거의 하지 않는다. 수명이 길어졌기 때문
이다. 지난 주말에 환갑을 앞당겨 가족들과 식사를 했다. 진짜
환갑날 큰딸에게서 꽃다발을 선물받았다. 61송이의 장미였는
데 놀랍게도 61송이의 가지에 만 원짜리 지폐가 감겨 있었다.
장미 가지에 돈 감을 생각을 어떻게 했을까? 무슨 생각을 하며
이런 꽃다발을 만들었을까? 큰딸이 정성스레 만든 꽃다발, 61
만 원의 꽃다발을 선물받고 코끝이 찡했다.

탈출

 2016년 8월쯤이다. 3년 넘게 집에만 있다가 입던 옷이 작아진 걸 알게 되었다. 배가 나오고 살이 쪄서 옷이 작아진 것이었다. 이래서는 안 되겠다는 생각이 들었고 운동을 하기로 했다. 새벽 5시 어둑어둑한 시간에 자전거를 타고 집을 나왔다. 아침은 우유 한 잔과 컵라면이 전부였다. 운동기구를 탔고 더우면 공원 그늘에 가서 노래를 들으면서 막춤을 추었다. 온몸이 흠뻑 젖어서 여벌의 옷을 가지고 다녔다. 몸이 점점 가벼워지는 느낌이 왔다.

고마운 사건

　38개월 두문불출하고 78일 만에 6kg을 감량했다. 원하던 58kg에 32인치가 되었다. 그런데 계속 체중이 빠져 그해 12월에 건강검진을 받았다. 결과는 정상이었고 기적이 찾아왔다. 검사받기 7~8년 전부터 노안으로 돋보기를 안 쓰고는 책을 볼 수 없었다. 검사 결과 시력이 1.2/ 1.0 정상 판정을 받았다. 기쁘고 고마운 사건이었다.

　2014년 12월에 건강검진을 받고 5년이 흐른 2019년에 양쪽 눈이 흐릿해서 안과에 갔다. 놀랍게도 시력이 좋았던 것이 백내장 전조증상이었다고 했다. 전조증상이 5년 지속되는 일은 흔치 않다고 했다. 눈이 좋아졌을 때 안과를 찾았다면 어찌 됐겠냐고 물으니 그때 왔어도 지켜볼 수밖에 없다고 했다. 2019년 말에 양쪽 백내장 수술을 받았다. 5년간 시력이 좋아졌던 것에 진심으로 감사한다. 그때 책을 가장 많이 읽은 것 같다. 돋보기를 안 써도 되는 게 너무 좋아서였다.

자전거 장거리 여행

2015년 초에 몇 개의 계획을 세웠는데 그중의 하나가 자가용이 아닌 자전거로 논산 고향에 가는 것이었다. 무모하다고 말렸지만 도전했다. 3월 19일 오전에 비가 와서 오후 1시에 출발했다. 첫 날은 김천 찜질방에서 잤다. 대전에서 다시 1박을 하고, 3월 20일 아버지가 계신 요양병원에 갔다. 아버지는 정신은 온전했지만 귀가 어두워서 종이에 글을 크게 써서 소통을 했다. 아버지에게 호국원에 모실 것이고 어머니도 합장하겠다는 얘기를 드렸다. 3월 29일 옥천에서 대구에 도착하는 데 13시간이 걸렸다.

아들 결혼식

2015년 5월 아들이 결혼했다. 결혼식에서 주례를 섰다. 딸 결혼식 때는 서운한 마음이 있었지만 아들 결혼식은 기쁘기만 했다. "누나가 시집간 것처럼 모든 것을 제가 알아서 할게요."라고 말했던 아들이 대견하고 자랑스럽다. 아들에게 금전적으로 도움을 주지 못해 안타깝지만 잘 살 거라고 믿는다.

전 잘해요

전미선 며늘아기가 우리 집에 오면서 모든 게 술술 풀렸다. 대
인기피증에서 벗어났고, '신동재 아카시아축제'에서 행운 볼
을 받아 천연 염색 한복을 받았고 노래자랑에 입상도 했다. 강
북노인복지관 자서전 쓰기에서 쓴 자서전『별처럼 보석처럼』
이 영남일보 3대 사랑 콘테스트에서 입상했다. 시니어 기자가
되었고 그림책 공동저자가 되었고 휴먼북이 되어 활동하게 되
었다. 이어서 제1기 지역 문화 활동가가 되는 등 좋은 일들이
계속해서 화수분처럼 이어졌다.

며늘아기는 우리 집을 행복한 가정으로 만들었다. "전미선입
니다. 전 잘해요"라고 말할 것 같은 며늘아기가 최고다. "그래,
잘하고 말고, 고맙고 사랑한다."

대상

　2015년 5월 '신동재 아카시아축제' 노래자랑에서 인기상을 타고, 2019년 '금호강 축제'에서 11번의 상을 탔다. 9번이 인기상이다. 2016년 시니어 클럽에 발탁되어 '미리내 밴드'의 창단 멤버가 되었다. 2018년까지 남자 보컬로 노래했다. 여자뿐이고 남자 노래는 나 혼자였다. 20년 뒤쯤에 대상을 타고 싶다. 그때 이렇게 말할 것이다. "고맙습니다. 대상을 타는 데 20년이 걸렸습니다. 고맙습니다."라고.

자서전 쓰기

 2016년 강북노인복지관에서 기획한 자서전 쓰기에 합류해서 교육을 받으며 자서전을 썼다. 수업 첫 시간에 선생님(손정화)은 "자서전은 유명하고 성공한 사람들의 전유물이 아닙니다. 앞으로 1년간 저와 함께 자서전을 써보겠습니다."라고 말했다. 11월에 완성했다. 영남일보 3대 사랑 콘테스트에 출품해서 특별상을 받았다.

한국 신바람 연구소

 2016년 여름 이명곤 형의 소개로 '신바람 연구소'를 알게 되었다. 한 달에 2번 4시간의 교육이었다. 마이크 잡는 법을 비롯해 강사로서 강의를 할 수 있도록 교육을 받았다. 이곳에서 웃음지도사 등의 자격증을 땄다. 유명 강사들을 초청하기도 하고, 웃음지도사로 활동하는 사람들이 교육을 했다.

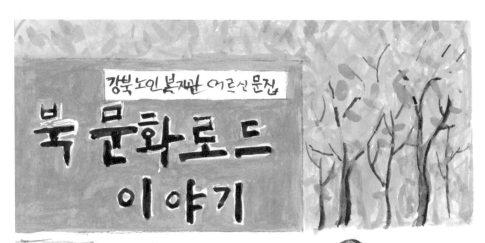

2016년 4월 문화로드 작은도서관과 작은 야외공연장이 완공되었다 야외공연장에서 문화로드 저자와의 대화가 있었고 하모니카 공연도 했다 나 쓰기 메세이 쓰기 교실과 어르신 자서전쓰기 강좌 했다 어르신들이 쓴 시와 메세이 그리고 자서전 손글씨를 모아 문집을 만들었다 그 어른들의 살아온 감을 들려주는 이런 기획들이 활성화되면 노인복지에 큰 도움 된다고 생각한다 노인들에게 보람 노인사교실의 책을 놓는 것이 노인복지라면

문집

 2016년 12월에 강북노인복지관(관장 조재경)에서는 강북노인
복지관 어르신 문집 『북 문화 로드 이야기』를 발간했다. 이 책
에는 어르신들이 쓴 시, 수필, 자서전이 실려 있다. 책 처음에
는 작은 도서관과 아담한 무대를 만든 배경을 설명하고 있다.
복지관 앞 길거리 쉼터는 무료하게 술로 보내는 상황이었다.
그곳에 도서관을 만들고 술과 담배를 못 피우도록 하였다.

2016년 4월　　　　문화 로드 작은 도서관 및 공연장 완공
　　　　　　　　　어르신 시 쓰기 강좌
　　　5월 19일 제1회 저자와의 대화 개최
　　　6월 18일 문화 로드 책 읽는 복지관 실시
　　　6월 29일 제2회 저자와의 대화 개최
　　　7월　　　　저자와의 대화
　　　9월　　　　시 에세이 강좌
　　　　　　　　자서전 쓰기 실시
　　　9월 29일 제3회 저자와의 대화 개최
　　　10월 26일 어르신 북 문화 로드 공감 콘서트

치매노인인가?

　2017년 겨울 목련 APT 사거리 버스정류소 옆 핸드폰 파는 곳
에서는 자판기를 내놓고 커피를 무료로 제공하고 있었다. 나는
늘 공짜 커피를 마셨다. 어느 날 나이 많은 여자분이 더듬더듬
내게 와서는 미안해하는 얼굴로 "나도 커피 좀 뽑아 줘요."하
셨다. 왜 나보고 뽑아 달라고 하는가 혹시하며 할머니를 자판
기 앞으로 이끌고 할머니가 누르나 내가 누르나 똑같이 커피
한 잔이 나옵니다. 머뭇머뭇 손을 내밀지 못하는 할머니 손을
끌어 단추를 누르게 했다. 커피가 나오는 걸 보고 나는 내 갈
길을 갔다.
　그 후 어느 날이었다. 그 자판기에서 커피를 뽑고 있는데 한
할머니가 내게 배꼽 인사를 하기에 치매 노인인가 생각하고 있
는데 그 할머니가 자판기를 가리켰다. 칠곡 시골에 산다며 지
난번에 커피 뽑는 법을 가르쳐주어 고맙다고 하셨다.
　세상은 내가 모르면 어려운 것이고 내가 알면 쉬운 것이다.

미리내 밴드 결성

2017년 수성구 시니어 밴드에 발탁되어 미리내 밴드의 창단 멤버가 되었다. 여자분이 주축이고 남자 보컬은 나 혼자뿐이었다. 나는 북구에도 밴드를 결성하도록 노력을 했으나 성공하지 못했다. 시니어 기자로서 밴드 결성에 대하여 많은 기사를 올렸다. 북구 시니어 밴드를 만들려고 노력했다.

'북구에서는 죽을 때까지 일만 해야 하나요?'

'시니어 밴드도 일자리 창출의 결과물입니다.'

'수성구처럼 북구에도 시니어 밴드가 빨리 결성되길'

'수성구 시니어 클럽 시니어 밴드를 아시나요?' 등 많은 기사를 강북신문에 기사화했다.

나는 한 가지에 꽂히면 집착하는 편이다. 노인복지관 노래방 분반의 부당성을 오랫동안 해결하려 했지만 실패했다. 북구 시니어 밴드 결성은 노래방 분반의 집착을 거울삼아 포기했다. 집착하는 것은 피곤하고 나만 상처를 입는다는 것을 경험했기에.

사군자

 2017년 봄부터 강북노인복지관 사군자반에서 교육을 받았다. 사군자 배우는 게 재미있어서 한 번도 빠지지 않을 만큼 열성적으로 공부했다. 선생님은 물론이고 그림 잘 그리는 사람들이 많았다.

옻골 백일장

향교에서 서예를 배우면서 '옻골 축제' 백일장에 나갔다. 첫
해는 입선, 다음 해는 우수상, 최우수상을 받았다. 꼭 대상을
타고 싶었다. 어머니가 돌아가셔서 아버지 진지 때문에 고향에
살아야해서 참석할 수 없었다. 4년 후 다시 와보니 '옻골 축
제' 백일장은 없어져 버렸다. 꼭 대상을 타고 싶었는데.

황금 개띠

2018년은 60년 만에 돌아온 무술년 황금 개띠의 해다. 개는
인간과 가장 친화적이다.

민화

2018년 상반기부터 함지노인복지관에서 민화를 배우고 있다. 시간이 많이 걸리지만 보람이 있다. 잉어는 다산과 출세를 의미한다. 목단 그림에 이어 두 번째 그림이다.

시니어 기자단

 강북신문(대표 김재우) 강북노인복지관(관장 윤선태) 함지노인복지관(관장 김창환) 3개 기관은 2018년 5월 4일 강북신문 편집국에서 '시니어 기자단' 업무협약을 체결했다. 시니어 기자단은 대구 북구청의 지역신문발전기금으로 운용된다. 어르신들의 삶의 의욕 충전 및 행복지수 함양, 치매 예방, 세대 간 문화 차이 극복 등을 이번 사업의 목표로 삼았다.
 기사 작성 방법을 비롯한 전반적인 것을 강북노인복지관 강의실에서 교육받았다. 김재우 강북신문 대표와 김영욱 편집국장이 강의를 했다. 여러 가지 교육을 받았는데 가장 기억에 남는 것은 초등학생도 이해할 수 있도록 육하원칙에 의거하여 쉽게 쓰라는 것이다. 강북신문 편집국에 시니어 기자단 사랑방이 있어 수시로 드나들면서 많은 도움을 받았다.

컬러풀 대구 페스티벌

 2018년 컬러풀 대구 페스티벌이 5월 5일~6일 양일간 국채보상로 전역에서 열렸다. 동성로에는 초상화 그리기, 수제 액세서리, 마임 연기 등 볼거리에 사람들이 인산인해를 이루었다. 서성로에서 종각네거리에서 열린 축제 행렬은 장관이었다. 강북노인복지관 국악부 일원으로 참가 행렬에 참여했다. 나는 북을 치는 역을 맡았다. 함지복지관 강신복 형님은 징을 쳤다. 초등학생과 나이 많은 어르신들이 함께한 축제는 이번 행사의 주제인 열정에 꼭 맞는 신명 나고 활기찬 모습이었다.
 컬러풀 대구 페스티벌은 대구 축제의 대명사가 됐고 각지에서 많은 사람들이 참여했다. 컬러풀 대구 페스티벌 관련 소식은 내가 강북신문 시니어 기자로 취재한 첫 번째 신문기사가 됐다.

칠곡 시장 축제

'오매가매 칠곡 시장 축제'가 2019년 6월 1일부터 6월 8일까지 열렸다. 8일에는 김규학 시의원, 김상선 구의원이 참석해 떡메도 치고 주민들과 함께 하면서 자리를 빛냈다. 1일에는 배광식 구청장도 참석했다. 이날 행사에는 '6시 내고향'의 조민식 리포터가 사회를 보았다. 떡메치기를 해서 모두가 함께 나누어 먹었다. 공짜로 주는 경매에도 모두 즐거워하고 행복해했다. 칠곡 시장 상인회(회장 홍영헌)에서는 추첨을 통해 냉장고, TV, 세탁기 등을 제공했다. 한국가수추진위원회(회장 조동철)에서는 가수들이 출연해 흥을 돋우었다.

2020년 축제에는 '설 장보기 사랑 나눔 음악회'가 열렸다. 김규학 의원, 장열철 의원, 김상선 의원이 참석했고 김진란 여사(홍의락 국회의원 부인)도 함께 했다. 북구을 국회의원 예비후보들도 참석했다. 가수들의 공연에 설 장 보러 온 사람들이 모두 흥겨워 하는 모습이었다. 칠곡 시장에서는 추첨을 통해 여러 가지 생필품을 선물했고, 터미널 봉사단(회장 조남철)에서 뜨거운 어묵탕과 차를 제공했다.

때구야 다랑 어디에 앉아 예 핑개만 찾지 말고 줄-떤 좋다고

팔을 름여태
눈만 껌뻑하이소
공산우태포여태

감돌는 밤도 낼모여
그런떠 울리
앙이구 이분둥아
죽 말고 말만에
긴긴밤에
날찾아 요보이소
금호강볕은물아
휘영청 떴으면
가난 우리와
버나못뜰개썬
방솔산 참꽃 필때 슬피우는 저 새야

대구 아리랑

'제12회 최계란 대구 아리랑 경창대회'에 출전하기 위해 강북 노인복지관에서 대구 아리랑을 많이 연습했다. 가사도 재밌고 흥겨워서 좋았지만 국악하시는 분도 잘 부르지 않아 널리 알려지지가 않아 아쉬움이 많았다. 전국 대회이고 십여 년이 넘었지만 행사장은 너무 초라했다. 포스터나 플래카드도 하나 없었다. 이유를 물으니 지원금이 없어서라고 했다. 페북에도 올리고 시의원에게도 개인적으로 알렸지만 아무 효과가 없는 것 같아 아쉽다.

강북노인복지관 팀은 22명으로 참가자 중 인원이 제일 많았고, 광복절에 맞게 태극기를 흔들며 합창했지만 입상은 하지 못했다. 대게 2~5명이 노래한 팀들이 대부분 상을 휩쓸었다. 대구 아리랑이 널리 알려졌으면 하는 바람이다. 노래방에서 부를 수 있도록 하면 많은 사람들이 좋아하고 많이 부를 것 같은데 그러지 못해 아쉽다.

"대구 아리랑 노래방에서 노래할 수 있게 해 주세요. 다른 아리랑은 노래방에 다 있어요."

백일장

　제37회 전국 달구벌 백일장이 10월 9일 대구문화예술회관 야
외 공연장에서 열렸다. 대구문인협회 회장 박방희는 "한글날의
의미를 되새기고 퇴색해 가는 한글날을 기념하기 위해 달구벌
백일장을 매년 개최하고 있다."라고 말했다. 초 · 중 · 고등부,
대학부, 일반부 등으로 나뉘어 현장에서 시제를 받아 글을 쓰
는 방식으로 진행했다. 올해 37년째 대회로 오랜 연륜을 갖고
있지만 참가자 수는 생각보다 적었다. 초등학생들이 많았다.
새소리가 들리는 소나무가 울창한 숲에서 아코디언의 아름다
운 선율에 모두가 행복해하는 모습이었다. 이어서 시제가 발표
되고 참가자들은 글을 쓰는 종이를 받아서 글을 쓰기 시작했
다. 초등학생들이 부모님과 함께 참가해 글을 쓰는 모습은 보
기 좋았다. 나는 이 대회에 처음 참가해서 '참봉상'을 받았다.
이듬해인 38회에서도 참봉상을 받았다. 참봉상은 상중에서 가
장 낮은 등급의 상이지만 보람 있고 행복했다.

포스터

1991년 2월 사내 동국 포스터 공모에서 대상을 탔다. 노조위
원장을 할 때 사내 포스터 공모, 운동장 빌려서 체육대회, 글쓰
기 공모전 등을 제안했다. 백학기 공장장은 대부분 수용해서
실시하였다. 체육대회도 개최했지만 글쓰기 공모는 실행되지
않았다.

할아버지 학교 1기

2017년 강북노인복지관(관장 윤선태)에서는 할아버지 학교 제1기를 출범시켰다. 할아버지 학생 20명은 칠곡 시장 건너편 벽면에 '행복누리 벽화' 작업을 봄부터 시작해서 11월에 완성했다. 개막식에서 배광식 구청장은 "이 벽화는 값으로 따지면 일 억도 넘습니다. 어르신 학생들의 열정에 큰 박수를 보냅니다. 어르신 학생님들 고생하셨습니다. 고맙습니다"라고 치하했다.

나는 할아버지 학교 학생은 아니었지만 문정웅 학생의 추천으로 벽화를 그리는데 합세했다. 이 길을 지날 때마다 내가 그린 벽화를 보면 즐겁고 행복하다. 내년 2기에는 꼭 참여하기로 결심했다. 이 벽화는 '행복누리길'로 명명했다.

할아버지 학교 2기

2018년 할아버지 학교 2기가 물을 열었다. 할아버지 학생들의 그림책을 만들기 위해 태전도서관에서 그림을 그리고 글쓰기를 교육받았다. 글쓰기는 김성민 작가가 지도했고, 그림은 신은숙 그림책 작가가 맡았다.

김 작가는 여러 자료를 보여 주며 숙제를 내듯 글을 쓰게 했다. 신 작가는 목탄, 인체드로잉, 콜라쥬, 아크릴 물감으로 그리기 등의 기법을 자유로운 분위기에서 체계적으로 가르쳤다.

할아버지 학생 16명은 8월 31일 광주시에 있는 '이야기꽃 도서관'을 방문했다. 도서관에는 지역 주민들의 그림책이 많이 전시되어 있어서 미술관 같다는 느낌을 받았다. 그림책을 만든 일반인 작가가 자신의 그림책을 보여주며 경험담을 이야기했다. 우리도 그림책을 만들 생각을 하니 가슴이 쿵쾅거렸다.

죽농원을 탐방하고 대통밥과 대나무 아이스크림을 먹었는데 특이하고 맛있었다. 대통술도 맛이 독특했다.

영 감
조덕자
젊을때는 집에 있는날 보다
주막에 있는 시간이 드만낫다
호호백발 할배되니
갈곳이 없어 집박게 모르네
이제사 할마니가 제일 좋다하네

로니 에비겔

 2018년 9월 19일 강북노인복지관(관장 윤선태) 강당에서 아울러 박성일 대표가 강의를 했다. 덴마크 출신의 사회활동가 '로니 에비겔'이 2000년에 선보였는데 빠른 속도로 사람북이 확산되고 있다고 했다. 박대표는 영상을 보여주며 어떻게 사람책을 만들고 어떻게 활용하는지를 쉽게 설명했다. 그리고 실제로 사람북으로 활동하고 있는 조덕자 어르신이 자신이 하고 있는 일을 차분하게 설명해서 많은 박수를 받았다. 조 사람북은 자신이 쓴 「영감」이라는 시를 소개하기도 했다.

사람북

 사람북은 자신이 살아온 삶의 경험이나 지혜, 철학 등을 이야기를 필요로 하는 사람들에게 들려주면서 대화를 통해 소통하는 것이다. 내가 살아온 길을 담담하게 이야기하는 것은 우선 재미가 있다. 누군가가 내 이야기에 귀를 기울여 주는 게 고맙고 신난다. 내 삶에 대하여 이야기하다 보면 나 자신의 마음속 응어리가 풀려서 내가 더 많이 위안을 받는다.
 사람북 활동은 코로나19 때문에 계속 진행을 못해서 아쉽다. 코로나가 지나가면 왕성하게 사람책으로 활동할 것이다.

경북 할배·할매 프로젝트

경상도 할배들
그 무겁던 입을 열다

할아버지!
학교에 다녀오겠습니다

15인 글·그림모음집

✝ 사회복지 공동위원회

할아버지 학교에 다녀오겠습니다

'할아버지 학교 2기' 할아버지 학생들이 쓰고 그린 그림책이
『할아버지 학교에 다녀오겠습니다』라는 제목으로 10월 말 경
에 출간됐다. 책표지가 예뻐서 좋았고 내 글이 있어 더 좋았고
뿌듯했다.

선생님은 주제를 정해주고 글을 쓰게 하고 그림을 그리게 했
다. 글쓰기와 그림 그리는 게 생소해서 어려워하기도 했다. 그
때마다 선생님은 떠오르는 기억들을 쉽게 쓰라고 했고, 전문가
처럼 잘 그리려 하지 말고 놀이하듯 즐기며 자유롭게 그리라고
했다. 그림 그리기를 좋아하는 나는 여러 가지 재료를 사용하
여 그림 기법을 배우는 게 재미있었다.

11월 15일 칠곡경북대학교병원 대강당에서 식전공연과 그림
책 사인회를 했다. 작가라도 된 듯 사인을 하고 책을 건네는 게
기분 좋았다. 내 글과 그림이 어눌해서 마음 쓰이기도 했지만
배광식 구청장이 격려사를 했고 함께 사람책 퍼포먼스를 했다.
할아버지 학생들은 사람책이 되어 발표를 했다. 나는 '해피 바
이러스'라는 제목으로 발표를 했다. 사람들이 집중하게 하려고
박수 많이 치는 관객에게 작은 선물을 주고 발표를 시작했다.
중간에 이야기를 까먹어 더듬대기도 했지만 무사히 마쳤다. 우
리를 지도한 김성민 선생님의 답사를 끝으로 행사를 마치고 기
념촬영을 했다.

할아버지 학교 3기

2019년 할아버지 학교 3기는 신은숙 그림책 작가의 지도를
받으며 읍내정보학교 서편 벽에 '우리 마을 이야기 거리' 벽화
를 11월에 완성했다. 학생들은 봄부터 우중충하고 어두운 담을
아름답게 꾸몄다. 모기와 싸워가며 많은 고생을 했다. 벽화에
는 고래의 항해와 구렁이 이야기가 그려져 있다.

11월 29일 '우리 마을 이야기 축제'를 열었는데 이 자리에 배
광식 북구청장이 참석하여 축사를 했다. 배 구청장은 "꿈이 있
는 거리를 잘 꾸며주셔서 감사합니다."라고 치하했다. 이곳은
많은 사람들이 찾는 휴식공간이 되었다. 어둡고 음산했던 벽이
아름다운 문화의 거리로 변신했다.

제주도

    우리 가족 8명은 제주도로 여행을 갔다. 바닷가에서 싱싱한 해산물을 먹었다. 제주도는 정말 아름답다. 주상절리, 정방폭포 등 아름답지 않은 곳이 없었다. 나는 정방폭포가 제일 좋았다. 높이도 좋고 물이 많아 좋았다. 아내도 폭포가 좋다고 했다.

평창 동계올림픽

2018년 동계 올림픽이 2월 9일~2월 25일 평창에서 열렸다.
참가국은 92개 나라였고 우리나라는 7위를 했다.

황금 돼지

2019년 60년만 찾아오는 황금돼지의 해이다.

돼지는 풍요와 다산을 상징한다.

황금 돼지해에 태어나는 아이는 재물운이 좋다고 한다.

인스타그램과 페이스북

행사장에서 인스타그램을 설치했다. 북구청 민방위 교육장 광장에서 도우미 직원의 도움으로 설치했는데 되지 않았다. 아들이 아기를 낳아 천안에 가는 열차 안에서 50대 초반의 남자가 나를 도와주었다. 그분한테 배워서 인스타와 페북을 할 수 있게 되었다.

인스타에서는 '좋아요'가 100이 넘기도 하는데 페북은 전혀 반응이 없었다. '좋아요'는 기분을 좋게 하는 약이라고 생각한다. 페북은 나의 일상이 되었다. 메시지 보내기, 카톡이 무척 재밌었는데 페북과 인스타는 그것과는 비교도 안 될 만큼 재밌다. 앞으로 얼마나 더 편리하고 재밌는 게 나올까?

지역 문화 활동가

　'2019 행복 북구 사람 IN 프로젝트'의 일환으로 '지역 문화 활동가 양성과정' 강좌가 7월 5일~11월 22일 어울아트센터에서 열렸다. 강좌 첫날에는 행복북구문화재단의 이태현 이사장의 격려사가 있었다. 이번 양성과정은 대구광역시와 문화체육관광부가 후원했다. 나는 이 강좌에 참여했다. 20여 명의 수강생들은 2시간의 강의에 초집중하는 모습이었다. 3분 발표 시간에 한 참가자는 노래까지 불렀는데 보기 좋았다. 5개월간의 교육을 이수하면 지역 문화 활동가로 일하게 된다.

미술로 놀기

'미디어의 세상에서 미술로 놀기'가 2019년 7월 29일~8월 16일까지 어울아트센터에서 열렸다. 오정향 강사와 그 외 5명이 진행했다. 두 시간이지만 너무 재미있어 금세 지나갔다. 8월 16일에는 어울아트센터 금호홀에서 화려하게 작품 발표회를 했다. 많은 사람들이 구경해서 보람 있었다. 미술로 이렇게 재미있게 할 수 있다는 걸 알았다. 세상은 배울 게 너무도 많다. 배우면 자존감이 생기고 행복해진다.

자동차

큰딸이 운전하는 게 참 신통하다. 예전에 운전면허 시험장에서 트럭을 운전하는데 고바위에서 뒤로 밀려 사고를 내고 운전면허를 포기했었다. 지금은 그 트라우마를 극복해서 고맙다. 둘째 딸은 운전을 못할 줄 알았다. 길눈이 나를 닮아 어두워서 못할 줄 알았는데 서울에서 빨빨거리고 잘 살고 있다. 아들은 이제 고급차를 타고 있다. "모두 빚이에요."라고 말하지만 아들이 고맙고 자랑스럽다. 차는 어른들의 가장 좋은 장난감이다. 나는 무사고 30년으로 운전을 접었지만 운전만큼 재미있는 것은 없다. 길눈이 어둡고 운전이 미숙해서 애를 먹기도 했지만 차는 좋다. 이제 자전차만 탄다. 그래도 무척 행복하다. 자전차도 차니까.

교복 나눔

'제10회 다정다감 교복 나눔 행사'가 2019년 2월 28일 대구 북구청(청장 배광식) 청내 민방위 교육장 광장에서 열렸다. 이 날 행사에서 북구청은 북구 관내 중고생 재활용 교복, 참고서 등을 저렴하게 판매했다. 또 교복 무상 수선과 미용 봉사, 시계 무상 수리 등의 부대행사도 열렸다. 이 밖에도 나만의 향 디퓨저 만들기, 패브릭 미스트 만들기 등의 체험 부스도 무료로 운영돼 이곳을 찾는 사람들에게 볼거리를 제공했다. 교육장 한편에서는 따뜻한 커피와 어묵을 무료로 제공하여 행사장을 찾는 이의 몸과 마음을 녹여 주었다.

시인과 함께

　문화강좌 시인과 함께 '시 쓰고 행복 나눔'이 3월 8일 태전도
서관 3층에서 개강했다. 김성민 시인의 강의로 진행되었다. 5
월 24일까지 총 12주 매주 금요일에 2시간 강의를 듣는다.
　김 작가는 시와 동시에 대하여 아주 쉽게 설명을 해서 20여
명의 수강생들은 집중해서 듣는 모습이었다. 70이 넘은 한 수
강생은 "때를 놓쳤지만 다시 시작하고 싶다."라고 했고, 한 주
부는 "동심으로 돌아가 예쁜 동시를 쓰고 싶어서 신청했습니
다."라고 말했다. 시를 쓰고 동시를 쓰는 것은 삶에 여유와 멋
과 행복을 준다.

바람소리길 축제

'금호강 바람소리길 축제'가 금호강 산격대교 일원에서 성대
하게 열렸다. 축제를 홍보하는 데 어설픈 것은 안 하는 것보다
도 못하다. 2018년에는 주민 경연 대회에 태전 1동 대표로 예
선을 거쳐 본선에 진출했다. 다른 동은 부스도 마련돼 있고 많
은 경연자들이 참가하여 북적북적했지만 태전 1동은 참가자가
나 혼자뿐이고 부스조차 없어 쓸쓸했다. 내가 앞장서서 우리
동네의 문화가 뒤처지지 않게 해야겠다는 결심을 하게 됐다.
노래 경연 대회를 '이국주의 노래방'으로 홍보했는데 이건 잘
못된 것이다. 이국주와 함께하는 주민 노래 경연 대회라고 해
야 했다. 잘못된 홍보로 주민 경연 대회가 없는 줄 알았다. 바
람소리길 축제는 성대하고 유익하게 성료 되었다.

대구 컬러풀 페스티벌

　대구 대표 축제로 자리매김한 '2019 대구 컬러풀 페스티벌'
이 5월 4일~5월 5일 중앙대로 일대에서 성대하게 열렸다. '형
형색색 자유의 함성'이란 주제로 열린 이번 축제는 서성네거리
와 종각네거리 일대에서 성대하고 화려하게 열렸다. 5월 3일
전야제를 시작으로 화려하고 아름다운 컬러풀 퍼레이드는 남
녀노소 모두가 함께했는데 거리는 인산인해였다. 특히 컬러풀
장터와 거리 예술제가 이곳을 찾은 사람들의 발길과 눈길을 사
로잡았다. 이번 축제는 대구광역시 주최이고 대구문화재단 주
관, 문화체육관광부 및 대구은행 후원으로 진행됐다. 축제는
늘 즐겁고 행복하다. 행복은 누리려는 자의 몫이다.

금호강 축제

　제4회 금호강 축제(안문동)가 2019년 9월에 개최되었다. 노래
경연 대회 결승전 사회는 뽀식이 이용식이 맡았다. 사람들이
무척 많아 바글바글했고 시의원과 구의원이 다 모인 듯했다.
내가 '꽃 당신'을 부르고 돌아가려는데, 이용식이 "이지탁씨,
지탁이 형, 잠깐만요."라고 불러서 뒤돌아 갔더니 "이 노래 신
곡인가요?" "네." "노래도 처음 들었고 지탁이형 춤도 특이해
요." "비빔밥 춤이라고 할까." 기분 나쁜 표정을 지으며 쳐다봤
다. 이용식은 너무 말랐다고 하면서 식권 2장을 주며 아내와
식사하시라고 했다. 15명 중 나 혼자만 식권을 받았다. 언제나
그렇듯 인기상이었다.

연말 감동 사연

　대구시설공단에서 주최하는 '연말 감동 사연 선정 이벤트'에 출품해 우수상을 받았다. 12월 22일 시상식을 했고 2020년 1월 1일~1월 31일까지 2·28공원에서 전시했다.

　은퇴 후 무기력해지고 우울하기도 했다. 무표정하고 한가한 노인은 되기 싫었다. 한국신바람연구소 수요 스터디에 참가하면서 웃음과 행복에 대해 배웠고 관련 자격증들도 땄다. 보약보다 좋은 게 웃음이고 웃으면 행복해지고, 노년이 더 행복하다는 것을 증명하며 살고 싶다.
　신바람 행복님들 고맙습니다. 존경합니다. 덕분에 더 행복합니다.

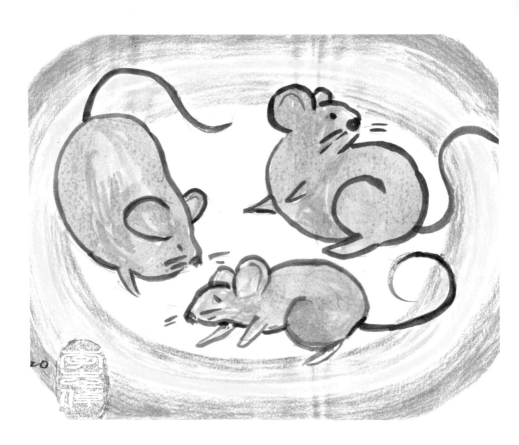

하얀 쥐

 2020년은 경자년 흰쥐의 해다. 하얀 쥐는 힘이 세고 부지런하고 강하다. 쥐는 다산, 풍요, 근면을 상징한다.

코로나

"대구 코로나다." "일부러 방역을 소홀히 한다."라는 등의 비
난을 받았다. 2월에는 다른 곳으로 이동하는 것이 사실상 금지
되었다. 이런 상황에서 마스크 지원조차 받지 못하는 것에 대
하여 대구 시민들은 억울해 하는 측면이 있다. 공짜로 받는 것
도 아니고 내 돈 주고 사는 것인데 새벽부터 줄을 서야 했다.
그러고도 못 사고 돌아가는 사람들이 많았다. 이동을 금지시켰
으면 마스크 지원은 당연히 해야 했다.

이태원 길

 문화 예술의 거리 이태원 길은 2020년에 조성되었다. 지상철 3호선 팔거역에 동천육교까지 1km 거리에 이태원 문학관, 팔거 광장 무대, 문학관 앞 거리공연장, 각종 조각상과 예술 작품들이 비치되어 있어 남녀노소 누구나 즐길 수 있는 문화의 거리다. 매주 토요일 오후 2시에 이태원 문학관 앞에서는 거리극이 열리고 오후 5시에는 팔거 광장 무대에서 각종 공연이 열린다. 그리고 토요문화골목시장도 열린다. 그러나 코로나19로 인해 정기적으로 열리지 못했다.

홍수와 소 그리고 태양광

2020년은 여러 가지로 불행한 해였다. 코로나19와 홍수로 무척 힘들었다. 폭우로 떠내려가다 지붕에 올라가 이틀을 견딘 어미소가 구조되어 쌍둥이 새끼를 낳았다. 구례의 소가 67km 떠내려가다가 무인도에 표류 중 3일 만에 구조되었다. 합천에서 떠내려가 밀양까지 80km를 떠내려갔다가 구조된 소도 있다. 태양광 발전으로 인한 산사태도 발생했다.

"태양광 발전소는 고수익……"

헤이, 트럼프 앤 바이든 땡큐

 미국 제59대 대통령을 뽑는 선거가 2020년 11월에 치러졌다.
민주당 후보 조 바이든은 42년생으로 우리나라 나이로 79세이
고 도널드 트럼프는 75세이다. 우리는 보통 인생은 60부터 아
니면 70부터라고 한다. 미국에서는 인생은 80부터인 모양이
다.
 나는 이들에게 감사한다. 79세, 75세의 나이로 대통령 선거에
출마한 것이 대단하고 존경스럽다. 나이 들었다고 생각하는 사
람들에게 활기와 희망을 주었다.
 "바이든 앤 트럼프, 땡큐 베리 마치."

하얀 소

2021년은 신축년 흰 소띠의 해이다.
흰 소는 신성한 기운을 가지고 있다. 소는 전통적으로 우직함,
충직, 근면 성실하다.

칠순

띠로 하면 작년이 칠순이지만, 생일이 12월이어서 올해 1월 20일이 칠순이다. 코로나19로 인해 가족들이 모이지를 못했다. 폰으로 영상 칠순잔치를 했다. 큰딸은 케이크에 글 쓰고 그림 그리는 모습을 넣었고 5만 원권 60장을 꽃다발 정성스레 말아서 내게 선물했다. 삼남매가 100만원씩 지출했다. 유진이 수진이가 생일 축하 노래를 예쁘게 불렀고 아진이도 밝게 웃는 모습을 보여 주었다.

칠순 기념으로 자서전 그림책을 낼 계획이었지만 출간하지 못했다. 2019년 10월 백내장 수술을 했고 1월부터 계속 이곳저곳 임플란트를 해야 했다. 12월 초 눈이 충혈되어서 애를 먹었다. "고맙다. 그림책 자서전 열심히 써서 꼭 출간할게."

두꺼비

    지상철 3호선 구암역 옆 마루, 강노복 옆 정자, 구암공원 화장실 옆 정자 등에서 그림을 그리고 글을 썼다. 8월 29일 오후에 구암역 옆 마루에서 두꺼비를 만났다. 두꺼비는 느릿느릿 팔거역 쪽으로 갔다. 어릴 적에는 꽤 흔했지만 60여 년 만에 다시 보는 것 같다. 두꺼비는 복과 행운을 가져다준다고 한다.

호기심

  우리 집 옆에 APT 단지가 생겨 공사가 한창이다. 10층 높이
도 더 되는 크레인이 3개나 된다. 내가 궁금한 것은 저 높은 곳
에 어떻게 올라갔나였다. 몇 날 며칠을 지켜봐도 알 수가 없었
다. 사람이 걸어서 올라가는 걸까 그리고 올라가서 오줌 마려
우면 어떡할까 하는 실없는 생각을 해 본다. 난 아직 호기심도
많고 꿈을 실현하기 위하여 열심히 노력한다고 내가 나를 추켜
세우고 자랑스러워한다.
  중학생 때 미술 선생님은 사생대회에서 가능하면, 아니 의도
적으로 건설 현장을 그리라고 조언했다. 1학년 신입생은 판화
에 건설 작업하는 모습을 새겼는데 금상을 탔다.
나는 세상일에 호기심을 가지고 늙음이 결코 추해지는 게 아니
라 자랑스러움이라는 걸 증명하며 살고 싶다.

도시락

　코로나19 때문에 노인복지관 식당에서 점심 식사를 못하게 되었다. 그래서 도시락을 1,300원에 배포하고 있다. 도시락을 집에 가서 먹는 사람은 거의 없고 공원 정자에서 점심을 먹는다. 1회용 도시락을 먹고 쓰레기가 된 도시락이 너무 많아 문제다. 50여 명이 점심을 먹고 도시락을 버리는데 쓰레기 넣는 자루가 모자라서 자루 주변에 1회용 쓰레기 도시락이 수북하다. 바로 수거해 가는 것도 아니어서 그 주변은 똥파리가 들끓어 쾌적한 공원이 냄새나고 휴식을 취하기 불편하다. 이 내용을 제보했다. 영구 도시락을 만들어 수거하면 좋겠다는 내용이었다. 담당자에게서 전화가 왔다.

방역과 썩은 가지 자르기

　강노복 옆 정자에는 어르신들이 1,300원 도시락을 사서 먹는 곳이다. 모기가 너무 많아 김상선 의원에게 도움을 요청했는데 이튿날인 9월 28일 대구북구보건소에서 방역차가 와서 방역을 했다. 이곳뿐 아니고 주변 모두를 소독했다. 이 정자 옆 나무에 썩은 가지가 있어 위험해 보였다. 태풍도 온다고 하는데 걱정돼서 김의원에 알렸더니 그날 공원 관리과에서 나와 썩은 나뭇가지를 잘라냈다.

　정자 옆 수돗가에 물을 받아 놓았다. 새들이 와서 물을 먹고 목욕을 했다. 작은 새도 큰 새도 많이 왔다. 그런데 방역을 한 다음에는 새가 한 마리도 오지 않았다.

6. 인연

얼굴

　얼굴에는 그 사람의 인생이 담겨있다. 수많은 사람들을 만나 관계를 맺고 인연을 만드는 첫 번째 요인이 얼굴 인상이다. 첫 인상이 좋아야 다가서게 된다. 인상은 무엇보다 중요한 경쟁력에 속한다. 행복한 얼굴을 만들어야 한다. 행얼만을 습관화해야 경쟁력도 높이고 자신도 행복해지는 게다. 가장 아름답고 행복한 얼굴은 웃는 얼굴이다. 행복하든 행복하지 않든 좋은 인상을 만드는 것은 필수다. 행복한 얼굴을 만들려고 노력하고 습관화하면 저절로 행복해지고 행복한 얼굴이 된다.

복 많이 받을게요

  큰손녀 유진이는 말을 일찍 했다. 4살 때지만 생일이 12월이어서 3살에 가깝다.

  "유진아, 복 많이 받아라."라고 하니 "유진이 복 많이 받을게요."라고 대답했다. 나도 말을 빨리했다고 하는데 나를 닮은 것 같다. 자식 어릴 때보다 손녀가 더 이쁜 건 어쩔 수 없다.

얼마나 추울까

　한겨울 계단에 있는 나무를 보고 "얼마나 추울까."하며 쓰다
듬는 수진이는 마음이 따뜻하고 착하다. 행복하냐고 물으니 행
복하다고 한다. 왜냐고 물으니 수진이는 "수박이 맛있어서요."
라고 대답했다. 유치원에 다니는 수진이는 자기보다 예쁜 애가
있어 고민 중이란다.
"수진아, 넌 충분히 이뻐."

열심히 무럭무럭

아진이 태명은 열심히 무럭무럭 자라라고 '열무' 였다. 페북을
배웠는데 안 되어 고민 중이었다. 아진이 보러 가는 열차 안에
서 옆자리 남자가 알려 주었다. 요즘 아진이는 빨간색을 좋아
한다고 한다. 아빠는 파란색이란다. "고모는 하얀색을 좋아해
요."하고 말하는데 아진이가 어떻게 아는지 모르겠다. 코로나
로 이동이 금지되어서 돌잔치를 못했다.
"아진아, 열무!"

아버지는 언제나 군인

 아버지 임종을 지키지 못했고 장례식장에서는 절을 제대로 못
했다. 갈비뼈 8개가 부러지는 사고를 당해 입원하고 있을 때
돌아가셨다. 운전을 할 수 없어서 대구에서 택시 타고 논산 장
례식장에 갔다.
 아버지는 늘 군인이셨다. 신발이 지저분하면 많이 혼냈다. 아
버지는 늘 멀리 있었고 커다란 산 같은 존재였다. 마지막 아버
지를 뵌 것은 돌아가시기 얼마 전이었다.
 "괜찮다. 반찬도 잘 나오고. 동생들이 자주 온다. 만규(손자)
학교는 잘 다니냐?"
 귀가 안 좋으셔서 A4용지에 글을 써서 대화를 했다. 아버지께
죄송하고 고맙다.

엄니 같은 아줌니

　중학 2학년 때였다. 겨울방학하기 며칠 전이었다. 몹시 추운데 열이 나고 으실으실 추워 누워 있었다. 아침밥을 먹는 둥 마는 둥 하고 누웠다. 아주머니가 뜨거운 물을 가져오셨다. "학교는 안 갈려고? 니가 1학년 동안 결석 안 한 것을 알고 있다. 나는 1등 상을 타거나 그림상을 타는 것보다 니가 개근상을 타기를 바란다. 그건 우리 집에서 학교를 다니기 때문이다." 내가 3년 개근상을 탄 것은 아주머니 덕분이다. 수업료를 못내 쩔쩔맬 때 "내가 학교에 가 줄까?"라고 하신 말씀을 평생 잊을 수가 없다. 아저씨는 이렇게 말씀하셨다. "상 중의 상은 개근상이다. 장하다."

꾀복이 형 어머니

김기복은 첫 직장 선배고 별명이 꾀복이였다. 김형은 2남 1녀의 아버지였는데 그 집에 자주 드나들며 잠을 자기도 했다. 김형 어머니도 한 집에 살았는데 입사 3년 차에 김형 어머니가 지금의 처와 나를 부부로 만들어 주었다. 나보다 6살이 적고 나보다 0.4cm 작은 165cm의 아내를 만났다. 김형 어머니에게 키 큰 여자를 소개해 달라고 했다. 김형도 나와 키가 비슷하고 형수는 키가 컸다. 아내를 만난 것은 내 인생의 가장 큰 행운이었다.

고맙습니다

    동국에서 이상석은 실험 실장이었고 강명수는 주임이었다. 함께 근무했는데 회사가 문을 닫는 바람에 퇴사했다. 젊을 때 내가 좋아하는 일을 한다고 그림 파는 집을 열었는데 잘 되지 않았다. 월세를 못내 보증금을 까먹을 정도였다. 경제적으로 어려울 때 이 공장장이 나를 구해 주었다. 갑을로 이직해서 처음 몇 개월간 월급이 압류되었다.

정 많은 남자

 샤프하고 스마트하다기보다는 예의 바르고 푸근하고 정이 많
은 차상운 사위다. 출장 가서 맛있는 게 있으면 처갓집에 보내
는 사위가 얼마나 될까? 춘천 닭갈비, 갓김치, 남원 추어탕, 안
동 고등어 등 헤아릴 수 없을 만큼 많다. 고맙다기 보다 미안한
마음이다. 어느새 작은애도 7살인데……. "차 서방, 지금보다
이십분의 일만 해도 최고의 사위일세."

맥가이버

어머니가 돌아가시고 아버지 진지 때문에 처와 고향에서 살았다. 촌놈이지만 시골살이는 모든 게 낯설고 힘들었다. 이진성 할아버지는 헌신적으로 우리를 도와주셨다. 정동희 아내, 순자 어머니, 친구 종원이 아내, 돈희 어머니 등 동네 사람 모두가 내 일처럼 도와주셨다. 작은 어머니와 육촌 제수씨도 도와주었다. 농부는 모두가 만능 맥가이버이다.

코리안 특급

한국인 최초 메이저리거이다. 강속구와 낙차 큰 커브로 박찬
호 선수는 코리안 특급이라는 별명을 얻었다. 메이저리그에서
101승을 달성했다. 박 선수는 공주중·고등학교의 자랑스러운
동문이다. 그의 도전정신은 모든 이의 귀감이 된다.

헐크

　북구청에서 이만수 감독 초청 강연을 했는데 참석했다. 말 많고 무섭게 느꼈는데 직접 만나보니 비단결처럼 곱고 섬세하고 샤프했다. 일기를 빼먹지 않고 써 온 것이나 재능기부 봉사를 세계적으로 하는 등 존경스러웠다. 와이번스 시절 옷 벗고 달리는 모습에서 성실과 유쾌함이 보인다. 강연을 마치고 자유발언 시간에 제일 먼저 손을 들었다. "기쁜 날들이 수도 없이 많았겠지만 언제가 제일 슬펐나요?" "삼성에서 방출 당할 때 제일 슬펐습니다."

삼성전자 아가씨

 핸드폰에 서툴러 내가 찾아간 곳은 삼성전자 아가씨였다. 이름도 모르지만…….

 늘 찾아가도 화내지 않고 친절히 가르쳐 주었다. 자꾸 찾아가는 게 미안해서 딴 대리점에도 갔지만 설명이 미흡했다. 똑같은 걸 묻고 또 묻는 게 미안하다고 하니 "괜찮아요. 언제든지 오세요."라고 했다. 이 아가씨 덕분에 페북하는 게 자유로워졌다.

한국 가수 추진 위원회

한가추 회장인 조남철은 겸손하고 열정적인 사람이다. 무료급식 행사하면서 참 열심히 하던 모습이 떠오른다. 3·1절 행사에서 비에 흠뻑 젖으며 최선을 다하고 와이셔츠가 땀에 젖도록 활기차게 일하는 모습이 아름답다. "이 기자님, 마이크 테스트 겸 노래 한번 하시죠." 그의 유쾌한 웃음이 좋다.

동화 그림작가

　신은숙 동화 그림작가다. ‘할아버지 학교 2기’에서 그림지도
를 했고, ‘할아버지 학교 3기’때는 읍내동 벽화 그리기를 지도
했다. 인체의 비율 같은 초보적인 것부터 여러 가지 미술기법
을 쉽게 알려 주었다. 목탄, 콜라주, 아크릴 물감 등 다양한 그
림 기법을 늘 웃는 얼굴로 열정적으로 가르쳐 주었다. “어르신
들의 열정에 제가 더 많이 배우는 시간이었습니다.”라고 겸손
히 말했다.

백세가 넘은 철학자

　김형석 교수는 1920년생이다. 책을 많이 읽고 취미활동을 열심히 하면 치매를 예방할 수 있다고 김 교수는 말한다. "인간의 뇌는 죽지 않는다." "인간의 뇌는 계속 성장한다." 지금도 그는 "10년 더 살아."라고 말한다. 김 교수는 인생에서 열매를 맺는 65세 이후가 가장 보람되고 행복한 때라고 한다. 지금도 책을 출간하고 열정적인 강의를 하는데 정말 대단하고 존경스럽다.

빨간 고무장갑의 남자

 나보다 나이가 많이 어리지만 형이라고 부르고 싶은 사람이
다. 복지관이나 행사에서 빨간 고무장갑을 끼고 허드렛일을 하
고 있는 황영헌의 모습은 아름답다. 그의 행복한 웃음은 보는
것만으로 포근하다. 제2의 행얼만을 자처하며 공감해 주는 게
고맙다. 나는 황 박사를 "빨간 고무장갑의 남자-황영헌 '이라
고 부른다. 무더운 여름 동아아울렛 옆 화성사에서 비 맞은 사
람처럼 젖어서 환한 웃음으로 "시원한 물 한잔하시죠."라고 할
때 미안해서 차마 받을 수가 없었다.

금정공원 지킴이

 불과 몇 년 전만 해도 금정어린이공원 정자에는 담배꽁초가
가득했다. 몇 년 전부터 김준연 기자가 이곳을 청소하면서 깨
끗해졌다. 김 기자는 부엉이 봉사단 회장인데 수시로 이곳을
깨끗하게 청소했기 때문이다. 그의 부단한 노력으로 금정어린
이공원은 담배꽁초 하나가 없는 깨끗한 공원으로 탈바꿈해서
주위의 칭찬이 자자하다.

웃음박사

 한국신바람연구소, 웃음리더십연구소 대표인 권영복 박사는 망가질 줄 아는 남자다. 강의를 하면서 관객을 사로잡기 위해 서슴없이 망가지는 모습은 존경스럽다. 열정적이고 자신감 넘치는 강의는 관객들을 빠져들게 한다.

세상에 이런 일이

2019년 11월 20일 한국신바람연구소 목요 스터디에 전도근 교수가 강의를 했다. 저서가 무려 250권이고 자격증 최다 보유자로 '현장 포착 세상에 이런 일이'에 소개되기도 했다. 책 많이 쓸 수 있는 비법을 묻자 그는 어떤 책을 쓰기로 작정하면 거기에 관련된 책을 많이 읽고나서 쓴다고 했다. 그가 보유한 자격증 중에 현재 쓰고 있는 것은 운전면허증이라며 사람들을 웃게 했다.

행복한 얼굴

　강북노인복지관 조재경 관장은 행복한 얼굴을 가지고 있다. 노래방을 오전반 오후반으로 나누는 게 좋은지 어떤지를 설문조사로 결정하자고 했다. 조 관장과 상담을 했다. "탁구반 사람이 훨씬 많으니 설문조사의 의미가 없다. 다수결의 횡포이기에 설문조사로 노래방을 분반하는 일은 없다."라고 했다. 조 관장은 복지관 옆 공터에 작은 도서관과 아담한 무대를 만들었다.

말을 적으면 글이다

  김성민 작가는 2018년 할아버지학교에서 글 쓰는 것을 어르
신 학생들에게 강의했다. 2019년에는 태전도서관에서 문화강
좌 '시인과 함께하는 시 쓰고 행복 나눔'강좌에 참가했다. 할
아버지학교에서 김 작가에게 글쓰기를 배웠고, 태전도서관 강
좌에서 시와 동시를 배웠다.

걸어 다니는 미술 백과사전

 김달진 원장은 처갓집에서 잠깐 만났다. 김 원장의 형수로부터 많은 얘기를 들었다. 첫 인상은 순한 모습이었고 예의 바르고 겸손했다. 김 원장은 공부도 잘했고 스크랩하는 것을 좋아했다고 알려주었다. 부유하지 않은 환경에서 자랐지만 피나는 노력으로 명사가 되었다.

저도 내성적입니다

"안녕하십니까?" 당당하고 환한 얼굴로 악수를 청하는 구창교 의원은 우리 동이 지역구가 아니다. 여기저기 행사에 많이 참석해서 낯이 익었다. 함지복지관 행사 때 그와 만났다.

"전 무척 내성적인데 구 의원님 안 그렇죠?" "전 65살이 돼서 그걸 극복했어요." "아직도 저는 내성적인 성격을 극복 못 했습니다." 나는 그의 활기찬 모습과 너그러운 미소가 좋다.

스포츠맨은 다르다

　역시 스포츠맨은 정의롭다. 방치되는 태전동 정자에 대하여 아무도 언급을 안 하는데 최수열 의원은 해명을 해주었다. 무척 고마웠다.

　일 잘하는 스포츠맨-최수열! 예의 바르고 정의롭고 의리 있는 스포츠맨을 나는 좋아하고 존경한다.

열정과 정열의 남자

'어르신 사람책 출판 기념회를 진심으로 축하드립니다. 2018
년 11월 15일 북구의회 의장 이정열'

칠곡 경북대병원 지하 1층 강당에서 『할아버지 학교에 다녀오
겠습니다』 출간 기념 사인회에서 이정열 의원이 가장 큰 글씨로
내 방명록에 이렇게 적어주었다.

나는 그를 '열정과 정열의 남자-이정열' 이라고 부른다.

약속을 지키는 남자

태전 1동이 지역구인 김세복 의원이 태전동 정자에 왔다.
"노인정이 어디에 있죠?"
"여긴 노인정이 없고 이 정자가 노인정입니다"
"불편한 점이 뭔가요?"하며 수첩과 볼펜을 꺼내 들었다.
주민들은 운동기구가 고장 나 위험하다고 했고 김 의원은 수
첩에 적고 사진을 찍었다. 한 주민은 노인정에 비가 오면 빗물
이 샌다고 했다. 김 의원은 운동기구는 바로 조치하겠고 지붕
도 건의해서 고치겠다고 약속을 했다. 이튿날 운동기구는 고쳐
졌다.
약속을 지키는 남자-김세복

뚜벅뚜벅 성실 일꾼

 피켓 하나 들고 뚜벅뚜벅 선거 유세하는 걸 보고 알게 되었다. 약자의 편에 선다는 김상선 의원은 작은 민원에 귀 기울여 해결하는 천사 같은 미녀 의원이다.
 "2시 교대 너무 더워요" "정자에 모기가 너무 많아요" "정자의 나뭇가지를 쳐 주세요" "복지관 앞 벤치가 더러워서 앉을 수가 없어요" 등 작은 불평 같은 민원도 해결해 주는 모습이 천사처럼 아름답다. "화만 조금 줄이세요."

민원 해결사 1등 의원

변함없는 남자-김기조

민원해결사 1등 의원-김기조

 봉사활동할 때와 의원 당선되고나서의 됨됨이가 똑같아서 변함없는 남자로 불렀다. 동네 한 바퀴를 돌며 민원을 받아서 해결했다. 민원이 귀찮을 수도 있지만 김 의원은 민원을 찾아다녔다. 개인적으로 구암동 해당화 공원의 턱이 높아 출입이 불편하다고 했더니 바로 공사해 주었다.

쾌적 행복 북구 설계사

　구암역 옆 빈터의 정자와 운동기구 설치, 구암동의 회전로터리 설치, 구암공원의 둘레길 등은 하병문 의원의 작품이다. 나는 하의원을 '쾌적 행복 북구 설계사-하하 하병문' 이라고 부른다. 강노복 옆 관음공원 가는 길 옆에 안심하고 먹을 수 있는 샘물이 있는데 지붕을 해달라고 제보했더니 멋지게 설치해 주었다.

　"하하 하병문입니다."라고 하며 악수를 청하는 모습이 유쾌하다.

행복 북구를 만드는 강한 남자

처음에 배광식 구청장은 얼굴이 일그러져서 싫었다. 하지만 배 구청장이 올린 신문 기사를 보고 강한 사람이라는 것을 알게 됐고 존경하게 되었다.

지상철 3호선 구암역에서 매천동 쪽으로 산책길을 만들 때였다. 구암역에서 칠곡 운암역으로 가는 길 옆으로 공사를 했는데 담을 엄청 높게 쌓아서 문제가 있어 보였다. 사진을 찍어 보냈더니 "좋은 정보 고맙습니다. 공사업체에서 잘못 시공했습니다. 다음 주 시정합니다."라는 답변을 받았다.

7. 단상을 적다

할아버지 명함

 부모님이 생존해 계셨기 때문이겠지만 나는 어렵고 힘들 때 할아버지를 불렀다.

"할아버지, 살려주세요"

"할아버지, 도와주세요"

"할아버지, 너무 힘들어요"

 할아버지 수염을 만진 적이 없고 무릎에 앉아 본 기억이 없다 (어머니는 할아버지가 무릎에 앉히고 밥을 먹였다고 하지만 나는 기억을 못 한다). 무서워했지만 존경했다. 초등학교 3학년 때 한의원에 어머니와 가게 하셨다. 큰딸과 아들을 대구에 두고 고향집에 살 때 애들이 영양실조로 간염에 걸렸을 때도, 수채물감을 못 사서 문학반으로 갈 때도, 졸음운전으로 차가 낭떠러지로 떨어질 때도, 할아버지에게 도움을 청했다. 나는 할아버지의 명함을 늘 지갑에 넣고 다닌다.

그림 한 장이라도 더

나는 자서전에 한 장의 그림이라도 더 넣고 싶다. 어설픈 그림이지만 그 그림 속에는 이야기가 있기 때문이다. 대부분 책이 너무 두꺼워질 것 같아서 뺀 것들이다. 빠진 그림들이 책에 실리면 그때의 기억들을 누군가에게 이야기할 수 있고 개인적으로 추억에 젖을 수 있어서 좋을 것 같아서이다.

매

　참매는 천연기념물 323호로 보호 수종이다. 어릴 적 고향 하늘에서 매를 자주 볼 수 있었다. 하늘을 빙빙 돌다가 내리꽂히듯 하강하는 모습도 볼 수 있었다. 다 그런 것은 아니지만 하늘을 나는 매 중에는 양쪽 날개에 태극 문양 같은 무늬가 있는 것도 있었다. 매는 하늘의 왕이다.

태극기

"4괘는 3개, 4개, 5개, 6개로 되어 있는데 순서는 1234이다."
초등학교 동창인 광재 아버지가 우리를 모아놓고 태극기에 대하여 설명해 주셨다. 이종안님이 여러 가지를 설명했지만 이해를 못 했고 4괘 그리는 법은 확실히 기억되었다. 초등학교 1학년 때였다.

태극기의 흰색 바탕은 밝음과 순수, 태극 문양의 파란색은 음을, 빨간색은 양을 상징한다. 음양의 조화를 표현한 것이다. 네 모서리의 건곤감리 4괘로 구성되어 있다. 하늘과 땅, 물과 불을 의미한다.

킥보드

제21대 국회의원 선거를 2020년 4월 15일 실시하였다. 코로나19로 모두가 마스크를 하고 있다. 선거 유세에 킥보드가 등장했다. 피켓 들고 뚜벅뚜벅 걷는 유세, 자전거 유세, 오토바이 유세는 봤지만 킥보드 선거 유세는 처음 보았다.

미운 사람

물건은 싫으면 버리면 되지만 사람 싫은 것은 참 견디기 힘들다. 누구나 좋아하는 사람이 있고 미워하는 사람이 있다. 미워하면 자기 자신만 손해다. 미워하는 마음은 삶을 황폐하게 한다. 미워하는 사람이 없어야 하는데…….

송아지 만들기

 암소가 암내가 나면 음매하고 낮이고 밤이고 소리를 냈다. 임신하기 위해 황소를 부르는 소리였다. 황소와 암소를 멀리 매어 놓고 신호를 하면 황소를 암소에 보낸다. 황소는 무서운 속도로 암소에게 달려간다. 아이들이 다칠까 봐 가까이 오지 못하게 했다. 황소가 암소에 올라타면 암소 주인은 꼬리를 옆으로 제치고 황소의 물건이 삽입이 잘 되도록 도와주었다. 황소는 한순간에 엄청난 양의 정액을 쏟아냈다. 잠깐이면 끝났다. 암소의 음부 주변에는 하얀 정액이 무척 많이 흘러내렸다. 한 번으로 끝내는게 아니고 다음날 또 교미를 시켰다. 임신이 잘 되게 하려고 한 번 더 시켰다. 지금은 주사기로 정액을 암소 몸에 넣는다. 어찌 보면 황소에게는 불쌍하기 짝이 없는 현실이다. 요즘의 황소들은 사랑 한번 못하고 일생을 마친다.

뽀로로

아이는 뽀로로를 좋아하고
할아버지는 아이를 좋아한다.
아이가 뽀로로를 좋아하니
할아버지도 뽀로로를 좋아한다.

내 자식들이 뽀뽀뽀를 좋아했지만
좋아하지 않았다.
내 자식들도 이쁘지만
손자가 더 이쁘다.

날치와 고등어

날치는 몸길이가 30~40cm이고 10m 정도를 날 수 있다.
천적을 피해 난다. 가슴지느러미가 커서 날개처럼 펼쳐서 비행
을 한다.

고등어는 빙빙 돌기만 한다.
날 생각을 안 하니 날 수가 없다.

바다

세 살 아진이가 바다를 처음 보았다.
바다를 알게 되었다.

계곡물을 보고도 바다라고 한다.
도랑물도
강물도
둠벙도
호수도
저수지의 물도
아진이에게는 모두 바다다.

*도랑: 매우 좁고 작은 개울

해피 바이러스

나는 무대에서 춤추며 노래하는 게 좋다.

나는 강북신문 시니어 기자로 일하는 게 보람 있고 즐겁다.

나는 행복을 주는 사람이 되기 위해 '웃음 지도사' '실버 체조 지도사' '레크리에이션 지도사' '스트레스 코치' 자격증을 딴 게 자랑스럽다.

나는 웃음, 행복, 희망 등을 전하는 행복 바이러스가 되어 행복하게 살고 싶어.

이태원 길

많은 사람 오고 가는
아름다운 이태원 길
행복과 추억을 만드는 곳
문화예술거리
수달이 사는 도심 속
팔거천은 북구의 자랑
토요장터 문학관
거리극이 떠오르네
아~언제든 구경 오세요
대구의 이태원 길

노인복지관 노래방

우리는 왜 땡볕 2시에 집에 가야 하나?

"오전 반이니까."

이대로 누워버릴까?

2시에 집에 가는 길이 힘들다
어지럽고 화가 난다
이대로 누워버릴까

더위 피하는 쉼터라는데
집에 가자니
어지럽고 숨이 차다
이대로 누워버릴까

오전반 오후반 나눈 뒤로
땀띠가 났다
전에는 땀띠가 없었다
"너희들은 부모도 없냐?"

병아리

엄마는 놀이터예요
올라타고
미끄럼 타고
숨바꼭질도 해요

엄마가 좋아요
마당 만큼 좋아요

엄마는 나를
학교 운동장 만큼
좋아한대요

나비와 고양이

나비야, 부르면 달려오는데
오지도 않고
보이지도 않네.
숨바꼭질하는 거야?

나비야, 나비야
야옹이는 오지 않고
호랑나비가 오네
노랑나비가 오네

아하!
너도 나비구나

싫어하는 말

살 만큼 살았다.
지금 있는 옷도 죽을 때까지 다 못 입어.
이 나이에 그걸 왜 배워.
시간 보내기 위해 이 일을 한다.

팔거천 하얀 새

하얗다
긴 목을 빼고 서 있다.
"짝이 없니?"

자전거 인생

오르막길을 오르면
내리막길이 있어서 좋다

내리막길은 힘이 안 들어 좋다
인생이란
오르막길도 오르고
내리막길도 간다

오르막길을 올라가야
내리막길에서 시원한 바람과
편안함을 느낄 수 있다

인생이란 그런 거다
오르고, 또 내려가고

오르막도 좋고
내리막도 좋듯

오늘도
내일도 좋다

호박꽃

새끼를 많이 낳아
풍요해지게 하는 꽃

꽃, 잎, 열매까지 아낌없이 주어
우리 엄마 같은 꽃

큼지막하고 넉넉해서
우리 할머니 같은 꽃

호박꽃은 왕이다

아들아

아들 자랑은 팔불출
그래도 널 자랑한다.
네가 있어 세상이 아름답고
내 인생이 행복하다.

어깨가 으쓱해진다.
키가 나보다 한 뼘이나 커서

어디에서 어떤 생각을 하고
어떤 일을 해도 네 편이다.

늘 응원한다.
평생 기죽지 말고
멋있고 당당히 아름답게 살아라.

경천 오일장

베니다 판에 연필을 깎아 꽂아도 부러지지 않는 연필을 사고 싶어 어머니를 졸라 경천장에 갔다. 그러나 그 연필을 파는 사람이 없어 사질 못했다. 별의별 게 다 있었다. 어머니는 내가 사달라는 것은 하나도 사주지 않고 할아버지 진지거리만 샀다.

돼지국밥

하얀 연기가 하늘 높이 오르고
맛난 냄새가 진동했다.
기어이 한 그릇만 시켰다.
어머니는 국물만 먹고
고기는 몽땅 내게 주었다.
아버지가 사 온 우설(혀)보다, 햄보다,
홍어보다 훨씬 맛있었다.
"엄마, 이 세상에서 돼지국밥이 제일 맛있어."

참새들의 합창

우리 집 향나무 속에는 30여 마리의 참새들이 산다. 아침이면 이들은 재잘재잘 합창을 한다. 마치 삶의 기쁨을 노래하는 것 같기도 하고 수다를 떠는 것도 같다. 참새도 함께 어울려 함께 행복하게 사는데 우리는 코로나에 수다도 못 떨고 갈 곳도 없다. 우리는 하나를 가지고 둘로 나눠 억지를 부리고 거짓을 당연한 듯하면서 싸운다. 내로남불이 판을 친다. 내 편이면 옳고 그름을 따지기 전에 무조건 편들고 내 편이 아니면 무조건 반대하고 이해 못 할 막말을 한다.

참새만도 못한 삶을 사는 게 너무 힘들다. 빨리 코로나를 이기고 일상으로 돌아가고 싶다.

형수

 처갓집에 가면 윗집에 사는 김달진 형수가 오셨다. 바람 부는 추운 날이었다. 처갓집에 아무도 없어서 서성이는데 나를 불러 커피를 타 주었다. 조근조근 얌전하게 말씀도 잘하고 신부에 대한 얘기도 해 주고 조카에 대한 얘기도 해 주었다. 달진이를 키웠다고 했다. 내 글이 TV에 나온 것을 봤다면서 달진이도 공부를 잘했다고 했다. 그에 대해 알아봤더니 걸어 다니는 미술 백과사전이라는 유명한 사람이었다. 잠깐 처갓집에서 만났고 그는 전시회와 미술에 관한 월간지를 오랫동안 보내 주기도 했다.

복지관 이야기

나는 65살부터 복지관을 이용했다. 복지관에서 배울 것들이
무척 많아 좋았다. 사군자, 서예, 캘리그라피, 컴퓨터, 민화 등
내가 관심 있는 분야를 선택해서 교육을 받았다. 강노복과 함
노복 2곳을 다녔다. 탁구반, 당구반, 노래방 등도 있다. 2021
년 현재 최고령자는 100세 남자 어르신인데 지금도 기어 없는
자전거를 타고 출근하다시피 한다. 여자 어르신 중에는 92세
가 제일 나이가 많다.
"노인복지관을 잘 활용하면 노년이 행복해요."

프레임의 법칙

 똑같은 상황이라도 어떠한 틀을 가지고 상황을 해석하느냐에
따라 행동이 달라진다는 법칙이다. 내 감정을 절제하지 못하고
섣불리 판단하고 결정해서 고래고래 소리 지르고 잘못된 행동
을 많이 한 것 같다. 상대방의 입장보다는 당연한 것처럼 결정
하고 날뛰며 산 것 같다. 정의이고 약자의 편에 서는 거라고 자
기합리화를 하며 살았다.

 8살 어린이의 그림을 보고 충격을 받았다. 아이는 자기와 아
들 그리고 아내의 그림을 그렸다. 엄마가 "엄마 아빠는 어딨
어?"라고 물었다. "엄마 아빠는 요양원에 있어." 아이는 할머
니가 요양원에 가신 것을 알고 있었다. 요양원이 나쁘다고만
할 수는 없지만 부모와 아이는 전혀 다르게 받아들였다.

100세 할아버지

 어떤 이는 98세라고 하고 어떤 이는 99살이라고 하고 또 어떤 이는 100세라고 한다. 태전 1동에 사는 할아버지 이야기다. 그는 자전거를 타고 매일 강북노인복지관에 출퇴근하다시피 하며 지낸다. 강노복에서 나이가 제일 많은 것만은 확실하다. 나이를 물었지만 소년처럼 웃으며 60살 체력이라고만 알려 주었다. 그는 기어 없는 고물 자전거를 탄다. 나는 여섯 대의 자전거를 가지고 있는데 모두 기어가 있고 알루미늄으로 된 가벼운 것들이다. 이 할아버지가 기어 자전거를 타면 얼마나 편리해하실까하는 생각을 한다. 나는 이 할아버지께 기어 자전거를 드리고 싶어 버스킹을 구암역과 운암역에 마련돼 있는 무대에서 실행하기로 했다. 모금을 한다는 게 얼마나 어려운 것인가를 실감했다. 노력하면 될 수 있다고 믿지만 그 할아버지 연세가 있어 초조하다.

나 직장 생활할 때는

6일 근무에 12시간 2교대를 하고도 주간 근무 끝나는 일요일은 특근하기를 원했다. 지금은 대체공휴일이 생겼다. 쌀이 부족했다고 하면 라면을 먹으면 된다고 하는 것처럼, 왜 그렇게 일을 많이 했냐고 의아해 한다.

나 어릴 때는 말이다

"너도 한 숟갈 먹을래?"

"아뇨."

고개를 절레절레 흔들고 손을 좌우로 빠르게 흔들었다. 이유식을 할 때 밥을 입에 넣어 씹어 수저에 뱉어서 아이에게 먹였다. 곶감도 씹어서 먹였다. 비위생적이라고, 더럽다고 펄쩍 뛰겠지만 예전에는 그랬다. 그래도 건강하게 자랐다.

아프니까 노인이다

늙음이 오면 아픈 게다. 나이가 많은 고모나 외삼촌에게 전화를 하면 모두 하나 같이 아프다고 한다. 이 병원 저 병원 가는 게 일상이고 불편함을 말한다. 나는 이렇게 말한다. "늙으면 아픈 거예요. 안 아프면 죽은 사람이에요. 노인이 아픈 것이라고, 그걸 고치면서 사는 거예요."라고. 그러면 "이제 안 아프다."고 한다. 나이 들면 아픈 것은 지극히 당연한 것이다. 80년 넘게 사용했으니 당연히 고장이 난다. 고장난 걸 고치면서 사는 게다.

모방에 대하여

피카소는 "예술가는 모방하고, 위대한 예술가는 훔친다."

아리스토텔레스는 "모방은 창조의 어머니다."

폴 아든(영국 광고업계의 전설)은 "독창성은 이 세상에 존재하지 않는다. 당신의 아이디어 도둑질을 숨기려 애쓰지 마라. 오히려 축하하고 장려하라."라고 했다.

글쓰기의 최상은 잘 베끼는 거라고 한다. 자신의 통찰만으로 세상을 표현한다는 것은 무식하고 유치한 생각이라고 한다. 고수는 남의 것을 베끼고 하수는 자기의 것을 쥐어짠다. 그 결과 고수는 창조하고 하수는 제자리걸음이라는 것이다.

신윤복의 '단오풍정'에서 그네타고 머리 손질하는 장면을 빼고 그렸다. 쉽고 즐겁고 재미있다. 전혀 색다른 느낌의 그림이 되었다.

할아버지의 옷에 대하여

　나이에 맞는 옷을 입으라고 한다. 할아버지에게 맞는 옷은 어떤 것일까? 바지단이 길어서 쭈굴쭈굴 접히고 검정색 청색 회색 갈색의 옷을 말하는 것 같다면 억지일까. 할아버지는 노란색 빨강색 초록색 등 밝은 옷을 입어야 한다고 생각한다. 철없다고 할지 모르지만 무릎이 훤히 보이는 청바지 정도는 입어야 한다고 생각한다. 자주 옷을 아니 매일 옷을 돌려가면서 입는 것은 누군가에게 잘 보이려는 게 아니고 자신에 대한 배려고, 자신감을 높여준다. 늙어가는 것도 서러운데 옷까지 늙은 옷을 입으라는 것은 당연한 듯하지만 무시하는 것이다. 옷은 젊게 입자. 할아버지들이 거울 앞에서 젊은 옷을 입고 씨익 웃으며 집을 나섰으면 좋겠다는 바람이다. 구멍이 살짝 앙증맞게 난 청바지나 빨간 바지 입은 할아버지를 보면 어떻게 해야 할까? "할아버지 멋져요!"

장모님

장인어른은 점잖고 말수가 적으신 분이다. 반대로 장모님은 워낙 명랑하셔서 주위에 사람들을 모이게 하셨다.

내가 KBS2 TV 사연 보내기에 채택되어 시계 한 쌍을 받았다. 장모님은 "아침마당에 나올 정도면 정말 성공한 사람."이라고 평소에 말씀하셨다. 나는 나름대로 KBS 아침마당에 출연하기 위해 노력했지만 그렇게 되지는 않았다. 나는 아침마당에 나가 김재원 아나운서와 뽀식이 이용식을 만나 대화하고 싶었다. 장모님의 소원을 풀어주기 위해서였다.

막냇사위라고 유난히 정을 많이 주신 장모님. 아이들이 셋이라며 무얼 주셔도 우리 집을 제일 많이 주셨다. 세 아이가 태어났을 때 모두 장모님이 거둬 키워 주셨다. 애들한테 꼭 피아노를 가르쳐야 한다고 하셔서 큰딸과 작은딸은 파아노 학원을 보냈다. 두 딸은 고등학교만 졸업시키고 아들을 가르쳐야 한다고 했지만 내 생각은 달랐다. 장모님은 참 고맙고 정이 많으신 분이었다. 나는 장모님을 무척 좋아했다. 사람들이 많이 있는 데서도 내 볼에 뽀뽀하며 "우리 사위 왔네."하며 정겹게 안아 주시던 분이다.

8. 행복 찾기

오늘도 축제처럼

축제는 즐겁고 신나고 재미있다. 내게 남겨진 시간들은 축제처럼 보내고 싶다. 에스파냐의 토마토 축제, 일본 삿보로의 눈꽃축제, 브라질의 삼바 카니발은 세계적으로 유명한 축제들이다. 이름만 들어도 어깨가 으쓱으쓱 흥이 난다.

축제는 참 많다. 금산인삼축제, 대구컬러풀페스티벌, 보령머드축제는 외국인들도 많이 찾는 축제다. 대구 페스티벌의 거리 행렬은 웅장하고 멋있고 남녀노소 모두가 참여하는 행렬이다. 금산인삼축제는 건강해지고 싶은 사람들로 북적북적하다. 좋은 인삼을 시중보다 저렴하게 살 수 있기에 알뜰한 사람들로 바글바글하다. 인삼을 밀가루에 묻혀 튀김으로 만든 음식은 무척 맛있다. 머드 축제는 외국인들이 무척 좋아한다. 보령머드축제는 20여 개가 넘는 체험 시설에서 진흙을 온몸에 바르고 뒹구는 신나는 축제이다. 밀물과 썰물의 차가 큰 우리나라 서해안은 갯벌이 넓게 분포되어 있다. 보령의 갯벌은 화장품을 만들 정도로 진흙이 곱다.

고향 스케치

 2021년 4월 고향에 가서 계룡산을 그렸다. 고향집에 가는 순간 큰 충격을 받았다. 내 놀이터였고 화선지가 되었던 수백 년 된 감나무가 없어졌다. 그리고 회관이 증축되어 있었다. 계룡산 봉우리는 옛날과 똑같았다. 매일 계룡산 능선을 보며 살았다. 계룡산은 늘 말없이 우리를 지켜보고 있었다. 계룡산을 보며 소원을 빌고 꿈을 키우고 컸다.

 고향집의 어머니가 심어놓은 듯한 하이얀 수국이 만발했다. 잔디를 매일 하루도 빠짐없이 손보시던 어머니가 몹시 그립다. 호미가 닳고 닳아 삐죽한 칼이 되어있는 걸 보며 눈 앞이 안 보이도록 눈물로 뺨을 적셨다. 고향은 어머니이다.

축제는 즐겁다

 대구 학정동의 '허수아비축제'는 수백 개의 다양한 허수아비들이 장관이고 투호, 연날리기, 버스킹 등으로 즐겁다. 공주, 부여에서 열리는 '백제문화제'는 규모도 크고 무척 재미있고 역사 교육에도 도움을 준다.

 '달은 지금 긴 산허리에 걸려있다. 밤중을 지난 무렵인지 죽은 듯이 고요한 속에서 짐승 같은 달의 숨소리가 손에 잡힐 듯이 들리며, 콩 포기와 옥수수 잎새가 한층 달에 푸르게 젖었다. 산허리는 온통 메밀밭이어서 피기 시작한 꽃이 소금을 뿌린 듯이 흐릿한 달빛에 숨이 막힐 지경이다.' 이호석의 「메밀꽃 필 무렵」의 후반부이다. 참 아름답고 고운 글이다.

 무주의 '반딧불이축제'는 환경이 얼마나 중요한지를 보여준다. 옛날에 흔했던 반딧불은 지금은 보기 어렵다. 농약으로 없어진 것이다. 반딧불을 실컷 볼 수 있고 남대천을 가로지르는 섶다리도 정겹다. 전통 불꽃놀이인 '낙화놀이'도 볼 수 있다. 강릉 '단오제'는 천 년을 넘게 이어져 온 단오제를 이어 받았다. 대관령 산사에 올리는 제사, 신을 모시는 무당굿 등 제사의 특성을 보여주는 전통 축제다.

 축제는 많고 많다. 보령머드축제, 금산인삼축제, 화천산천어축 제 등도 눈길을 끈다. 코로나19가 없어지면 전국의 축제들을 찾아다니며 즐겁고 행복하게 살고 싶다. 기쁨, 재미, 즐거움, 행복은 찾아다니는 자의 몫이다.

계룡산

TV도 안 보고
자연인처럼 살며
어릴 때 보며 살았던
계룡산 능선을 그렸다.
보면 볼수록 계룡산 능선은
경이롭고 아름답다.

행복 박스

 웃을 곳도 소리 지를 곳도 없다. 땅을 밟기조차 어렵고 삭막한 시멘트 속에서 현대인들은 살아간다. 전화 부스처럼 행복 박스가 만들어져 있으면 좋겠다. 울고 싶을 때도, 소리치고 싶을 때도 이용하면 좋을 것 같다. 동전 넣고 정한 시간 머물게 하면 편리하게 이용할 것 같다. 단 한 사람만의 공간이어야 한다. "야, 스트레스 풀고 가자."하며 이용할 수 있는 날이 오면 좋겠다.

행얼만

'행복한 얼굴 만들기'를 줄여서 '행얼만'이라고 한다. 나 자신
부터 행얼만을 하고 다른 사람에게도 행얼만을 권하며 노년을
보낼 계획이다. 행얼은 한순간에 만들어지는 게 아니고 습관처
럼 연습해야 한다. 행복한 얼굴을 가진 사람들은 많지 않은 것
같다. 나는 모든 사람들이 행복한 얼굴이면 좋겠다.

63빌딩과 롯데타워

　2017년 10월 4일 63빌딩에 갔다. 수족관을 비롯해 볼거리가 많았다.

　2018년 12월 7일 123층 롯데타워에 갔다. 117층 전망대에 가니 어질어질했다. 전망대에서 한강과 고급 아파트가 보였다. 63빌딩도 저 멀리 보였다.

　수학 잘하고 대학원 나온 딸이 서울에 사니 참 좋다. 두 손녀와 우리 부부가 함께 구경했다. 딸의 대접에 호사를 누렸다.

　"야, 고맙다." "뭐가?" "네가 서울 살아서 행복하다." "아빠는 참……."

　아식스 운동화 사 왔다고 딸을 혼냈었다. 메이커 신발, 메이커 옷 못 입히고 키웠지만 모두가 건강하게 잘 자라줘서 행복하고 자랑스럽다.

닭과 인생

수탉과의 싸움은 재밌는 구경거리였다. 목부분의 깃털을 세우고 날아오르며 싸웠다.

우리나라에서는 닭 울음을 '꼬끼오'라고 한다. 일본은 '코케콕코' 영국은 '군키두둔두' 스페인은 '키키리키' 독일은 '카케리키' 프랑스에서는 '코코리꼬' 중국은 '워워'이라고 한다.

인생이란 그런 거다. 닭 울음 하나를 가지고 모두 다르게 표현한다. 인생이란 닭 울음처럼 서로 다른 자기만의 삶을 사는 것이다. 그러니 행복의 조건도 사람마다 다르다. 어떤 삶을 살든 행복하게 살아야 하는 것은 옵션이 아니라 필수다. 오늘도 자신 있게 주문처럼 외운다.

"나는 이 세상에서 가장 행복합니다."

나에게 박수를

입학식, 졸업식 때 짜장면 먹는 것도 사치라 여기며 살았다. 메이커 운동화 못 사주고 키웠다. 내 자식 삼 남매가 모두 대학 졸업을 한 것이 고맙고 자랑스럽다. 아내를 선택한 것은 내 인생에 가장 잘한 일이다. 머리 숙여 감사하고 가장 힘찬 박수를 아내에게 보낸다.

나이 들어 보니 돈, 명예, 출세 별거 아니더라. 똑같아지더라. 잊기 쉬운 작은 것에 감사하며 살면 행복해지더라. 나 자신도 행복하고 다른 사람에게도 행복을 주는 해피바이러스가 되려고 노력하는 내가 자랑스럽다. 난 나 자신에게 박수를 보내고 싶다. 행복한 얼굴 만들기를 많이 전파하고 싶다. 이것이 내가 나를 사랑하는 이유다.

"이지탁, 고맙고 사랑한다."

부부의 날

2003년 국회 청원을 거쳐 2007년부터 대통령령으로 달력에 표시되기 시작했다. 그리고 법정기념일이 되었다. 가정의 달인 5월 21일은 '부부의 날'이다. 둘이 하나가 된다는 의미가 담겨 있다. 주창자인 권재도 목사는 1995년 어린이날 "우리 엄마 아빠가 함께 사는 게 소원이에요."라고 한 어린이의 TV 인터뷰를 보며 충격을 받았다고 한다. 그때부터 '부부의 날' 운동을 시작했다. 가정의 달인 5월의 어린이날, 어버이날은 잘 알지만 부부의 날은 모르는 사람이 많은 것 같다. 부부란 일심동체라고 한다. 이혼이 많아져 아쉽다. 가정의 행복을 위해, 가족 간의 행복을 위해 이혼이 없도록 각별한 홍보가 필요한 시점이다. 이혼하지 않고 사는 부부에게 인센티브를 주어야 하지 않을까?

"여보, 마누라. 당신을 만난 것은 내 인생의 최고의 행운이었소. 사랑하오."

딸 둘과 아들

큰딸, 작은딸, 아들
너희가 있어 행복했다.
모두 대학 졸업하고
앞가림하고 사는 게
고맙고 자랑스럽다.
삼 남매는 보석보다 귀하다.
내 인생에서 최고의 작품은
너희들이다
"고맙고 사랑한다."

차 유진
2014. 12. 5

차유진

여섯 살 유진이에게 행복하냐고 물었다.
"비가 와서 행복하지 않아요".
"비 그치면?"
"당연히 행복하죠."

네 살 수진이는
"수박이 맛있어서 행복해요."

아이가 선생님이다.

차수진

"할아버지, 진짜 용 봤어요?"

"용을 탈 수 있어요?"
"날개가 없는데 어떻게 날아요?"
"언니, 떨어지면 어떡해?"
"진짜 타는 게 아닌데 뭘."

둘이 속닥속닥하더니

"할아버지 엉터리네. 거짓말이잖아요!"
"거짓말이 아니라 상상 속에서는 뭐든지 할 수 있는 거야."

이아진

빨간색을 좋아해요.
아빠는 파란색
엄마는 노란색이래요.
고모는 하얀색 좋아하고
할아버지는 "코자요."라고 한다.

초록색을 좋아한다더니
지금은 핑크색이 좋단다.

행복 열쇠

행복 열쇠는 책을 많이 보는 것이다.

행복한 얼굴 만드는 것을 습관화한다.

자신을 사랑하고 자신감이 넘치도록 노력한다.

감사를 많이 하면 할수록 더 행복해진다.

사소한 것에도 감사할 필요가 있다.

감사와 행복은 정비례한다.

행복하게 사는 것은 의무고 권리다.

나는 누구인가

내 인생의 전반전은 평범했다. 군대 가고, 월급 타오고, 아이 낳아 기르고, 집과 차 사고…….

내가 좋아하고 하고 싶은 일을 못하고 살았다. 취미생활이나 외식 따위는 사치로 여기며 산 것 같다. 은퇴하고 나는 철저하게 날 위해서 살겠다고 다짐하고 다짐했다. 경비나 주차관리 제의를 받았지만 거절하고 노인복지관에서 많은 것을 배우리라 결심했다. 자서전 쓰기, 사군자, 민화, 할아버지 학교, 서예 등 내가 좋아하는 것을 열심히 하고 실력이 늘어가는 것에 보람을 느꼈다. 은퇴하고 살면서도 성숙하지 못해 내 마음속의 분노를 자제하지 못하고 큰 소리로 싸우기도 많이 했다. 김상선 의원이 화를 덜 내라고 많이 충고해 주었다. 황영언 박사는 마음의 분노를 버리고 어느 한 가지에 집착하지 말고 자신을 위하는 일을 하라고 했다. 내가 만든 행얼만을 나 자신부터 습관화하고 많이 알리고 싶다.

행얼만은 행복한 얼굴 만들기이다. 80살 때 자서전 그림책을 내고 90살에 세 번째 자서전을 출간하는 목표다.

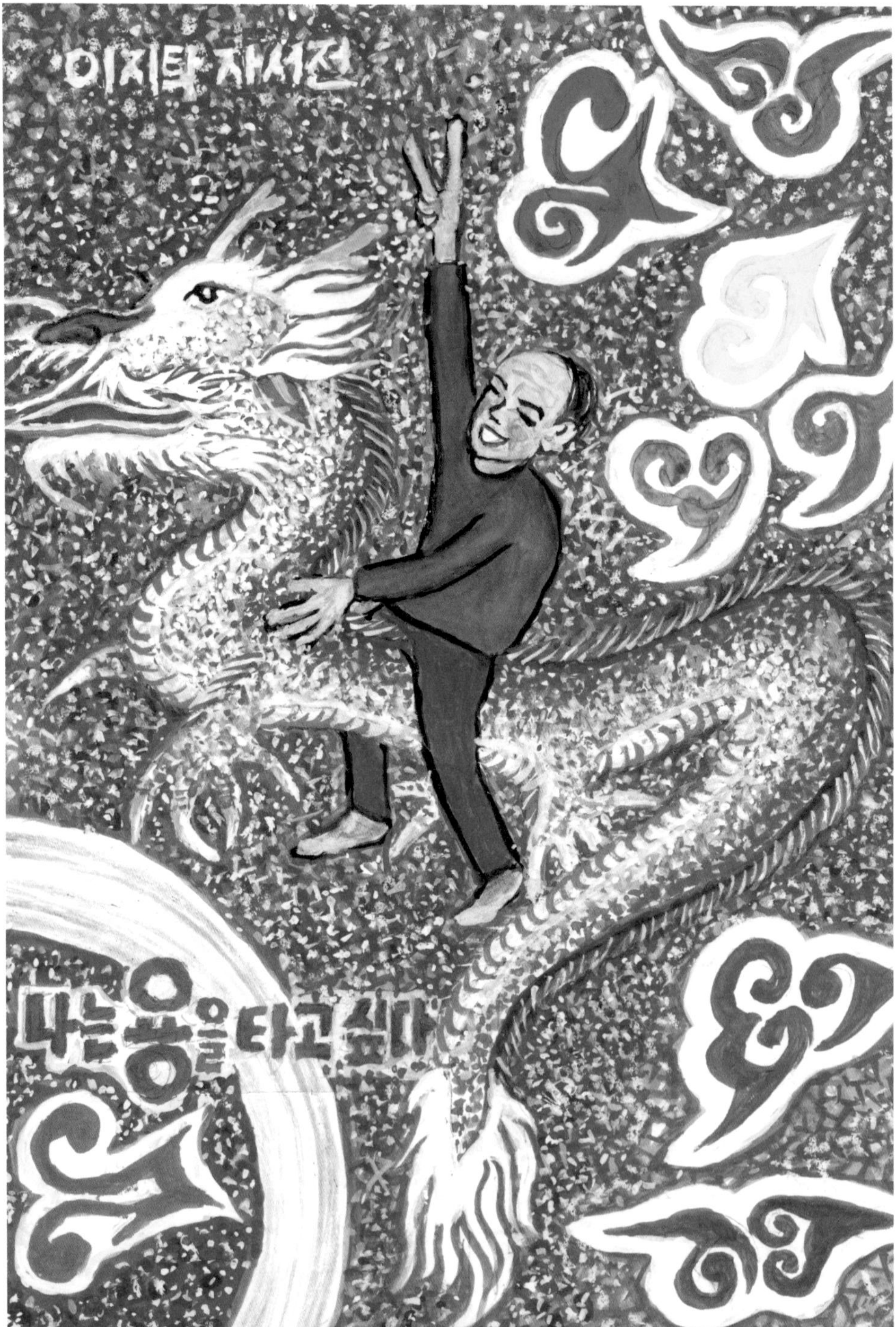
이지타 자서전
나는 용을 타고 싶다

나는 용을 타고 싶다

갈 수 없는 할아버지, 할머니, 아버지, 어머니 계신 곳에 용을 타고 가고 싶다. 진심으로 고맙다는 말을 한 번도 안 해서 부모님에게 전하고 싶다. 어머니에게 사랑한다는 말을 하고 싶다. 할아버지에게는 "도와주셔서 고맙습니다."라고 말씀드리고 싶다.

알프스도 가고 킬리만자로도 가고 사자가 사는 아프리카 오지에 가고 싶다, 용을 타고.

비행기보다 높이 올라 세상을 마음껏 구경하고 싶다.

내게 도움을 준 만날 수 없는 돌아가신 분들을 만나 고맙다는 인사를 하고 싶다.

용을 타는 설렘 속에 두근거리며 살고 싶다.

내 인생 총정리

초등학교 졸업할 때까지는 부유한 집에서 가족들의 사랑을 듬뿍 받고 자랐다. 3대가 함께 사는 종갓집이어서 시끌벅적한 분위기에서 컸다. 아쉬운 것은 아버지가 직업군인이어서 아버지의 부재가 늘 아쉬웠다.

중고 시절 갑자기 집안 형편이 어려워져서 힘들었다. 그 후로 꽃길이었다고 생각한다. 군대도 점호 없는 좋은 곳에서 근무했다. 제대하고 섬유회사에서 30년을 근무했다.

결혼하고 1남 2녀를 두었는데 속 썩이는 자식 없이 건강하게 키웠다. 셋 모두 대학을 졸업시켰고 모두 제 앞가림을 아주 잘했다. 아들 키가 나보다 한 뼘이나 커서 가장 좋았다. 아들은 초등학교 때 IQ가 139라고 했다.

100세 교수 김형석 철학자의 말대로 은퇴하고 65살부터가 완벽한 꽃길이 되었다. 노인복지관 두 곳을 다니며 내가 하고 싶고 좋아하는 것들을 실컷 하며 여러 가지를 배웠다. 시니어 기자로 활동하는 게 보람 있고 즐거웠다. 수성구 시니어밴드에서 미리내 밴드 창설 맴버가 됐다. 남자는 유일하게 나 혼자 보컬 활동을 했다. 노래자랑에 나가 11번의 상을 탔다. 9번이 인기상이었다. 할아버지 학교에서 책을 출간하는 일도 좋았고, 여러 가지 강좌에서 열심히 공부했다. 돈 달라는 사람은 없고 돈 준다는 자식만 있어서 경제적으로 풍족했다.

노년이 행복하다는 걸 증명하며 살겠다고 작정했고 세상에서 가장 행복한 남자라고 자신 있게 말할 수 있고 즐겁고 신나고 재밌는 꽃길을 가고 있다고 자부한다.

행복한 얼굴 만들기를 전파하고 사람북으로 재능 기부하는 것도 감사하고 행복하다. 지금 내가 가고 있는 꽃길을 화려하게 수놓으며 찬란하게 살아갈 것이다. 아름다운 꽃길을 나 혼자가 아닌 여럿이 함께 행복하게 걸어갈 것이다.

맺음말

　다시 생각해 보니 부끄럽다는 생각이 든다. 대부분이 내가 잘한 것, 상 받은 것, 행복한 사건들을 나열한 것 같다. 슬픔이나 좌절한 것보다는 행복과 희망을 말하려다 보니 그리된 것 같다. 잘못한 것이나 눈물 흘렸던 것은 빠졌다.

나는 용을 타고 싶다

2022년 5월 20일   초판1쇄 발행

지 은 이   이 지 탁
그 린 이   이 지 탁
펴 낸 이   김 성 민
편집디자인   김 경 자

펴 낸 곳   라이트형제
출 판 등 록   제2020-000004호
주   소   41743 대구광역시 서구 북비산로 65길 36, 2층
전   화   010-2505-6996
팩   스   053-581-6997
홈 페 이 지   www.broccoliwood.com
인스타그램   broccoliwood_
전 자 우 편   gwangin@hanmail.net